내 인생의
주인공으로 살고 싶어

내 인생의 주인공으로 살고 싶어

초판인쇄	2023년 1월 25일
초판발행	2023년 1월 30일
지은이	강은영 박혜진 배윤경 전혜련
발행인	조현수
펴낸곳	도서출판 더로드
기획	조용재
마케팅	최관호 최문섭
편집	강상희
디자인	호기심고양이
주소	경기도 고양시 일산동구 백석2동 1301-2
	넥스빌오피스텔 704호
전화	031-925-5366~7
팩스	031-925-5368
이메일	provence70@naver.com
등록번호	제2015-000135호
등록	2015년 06월 18일

정가 16,000원
ISBN 979-11-6338-348-2 03810

내 인생의
주인공으로 살고 싶어

강은영·박혜진·배윤경·전혜련 지음

도서
출판 **더로드**
The Road Books

엄마의 하루, 새로 고침

40대 여성들에게

코끼리 한 마리가 있다. 새끼였을 때부터 말뚝에 묶여있던 코끼리는 몇 배로 커졌는데도 그 자리에 머물러 있다. 새끼 코끼리는 처음엔 말뚝에서 벗어나려고 안간힘을 쓰지만, 소용이 없다는 걸 알고 노력을 멈춘다. 이후 몸집이 커져 말뚝을 뽑고도 남을 힘과 능력이 생겼는데도 여전히 말뚝을 벗어나지 못한다. 엄마와 아내로 살아가는 이 땅의 수많은 40대 여성들이 말뚝에 묶인 코끼리처럼 학습된 무기력과 제한적 신념에 갇혀 있다고 볼 수 있다.

주어진 환경에 적응하게 되면 내 안에 나조차 몰랐던 능력이 있다는 걸 깨닫고도 행동하기란 어렵다. 설상가상으로 세월의 흐름은 자신감과 열정마저 앗아간다. 주어진 많은 역할과 벗어나기 힘든 현실 속에서 '나'를 찾고 진정으로 원하는 일을 하면서 인생의 주인공으로 사는 일은 사치인 것만 같다. 결혼을 하고 두 아들을 낳아 기르는 동안 나 역시 말뚝에 묶인 코끼리처럼 살아왔다.

"당신은 인생의 주인공인가요?"

"하루하루 후회 없이 살고 있나요?"

"나만의 시간이 있나요?"

이런 물음에 한숨이 나오거나 바로 답이 나오지 않는다면, 이 책의 여정과 함께할 자격이 충분하다. '하루하루 살기도 바쁜데 나만의 시간이라니! 그럴 정신이 어디 있어?' 하는 생각이 든다면, 인생의 주인공 자리를 뺏기고 시간과 환경의 노예로 살아가는 것과 다름없다. 스스로 인지하지 못하거나 외면하고 있을 뿐.

되찾은 이름

결혼과 육아로 자신을 잃어버린 나와 당신, 우리들의 이야기를 해보려 한다. 가족 중에 내 이름을 부르는 사람은 없다. 부모님과 언니, 오빠는 여전히 날 '막내'라 부르고, 남편은 '여보', 아이들은 '엄마'라고 부른다. 시댁에서는 '우진 엄마, 올케'가 호칭이다. 여자는 결혼하면 제 이름 석 자를 잃고 다양한 호칭을 얻는다는데, 자의식이 강했던 나는 이에 큰 의미를 두지 않았다. 이름 하나 제대로 불리지 않는다고 내가 아닌 것도, 내 존재가 사라지는 것도 아니니까.

하지만 장애아인 둘째의 재활 치료에 모든 것을 걸었던 10년 동안 엄마, 아내, 며느리, 딸이라는 역할이 버겁게 느껴지곤 했다. 성장에 목마른 내게 오랜 기간 이름이 불리지 않았다는 건 한창 자라는 싹을 짓밟는 것과 다름없었다. 언제쯤이면 내가 원하는 대로, 진짜 나로 살 수 있을까? 난 이런 사람이 아닌데 왜 자꾸 못난 사람이 되어 가는 거지? 주어진 많은 역할과 할 일들 앞에 불쑥 올라오는 생각마저 죄스러워서 누르고 또 눌러야만 했던 나날이었다.

마음 가득 품었던 열정과 꿈은 사라진 지 오래, 무얼 원하는지조차 아득해질 무렵에 나는 책을 쓰고 작가가 되었다. 시작은 단순했다. 책을 써서 인생을 바꾸고 싶다거나 내 이름 석 자를 알리는 등 거창한 목표는 없었다. 강사로 활동하던 시절에 품은 '나도 내 이름으로 된 책 한 권 있었으면!' 하는 바람과 어릴 적부터 동경했던 작가가 되고 싶은 마음이 전부였다. 그런데 책을 쓰고 나자 생각지도 못한 일들이 기적처럼 하나둘씩 일어나기 시작했다.

강은영 작가, 강은영 칼럼니스트, 강은영 대표 등 내 이름이 불리고, 신문과 잡지의 칼럼에 기록되었다. 여러 역할과 상황에 얽매여 옴짝달싹 못 하던 내가 나만의 시간과 공간을 갖자 움츠려 있던 능력이 하나둘 싹트기 시작했고, 자연의 순리인 양 꽃을 피워냈다. 엄마, 아내, 며느리의 역할이 더는 무거운 짐처럼 느껴지지도 않는다. 현실에 끌려다니던 내가 다시 내 인생의 주인공으로 살게 된 것이다.

인생의 주인공으로 새로고침 하다

이 책도 기적 같은 일 중에 하나다. 내가 멘토가 되어 누군가의 습관 코칭과 글쓰기, 책 쓰기를 지도한 것도 엄청난 변화인데, 회원들과 같이 책을 쓰다니! 글쓰기 프로그램을 운영하면서 스치듯 지나간 소망으로 공저 쓰기를 시작했는데 출판까지 하게 되었다. 40대이자 엄마, 아내라는 공통점을 가진 우리는 온라인에서 만나 함께 변화하고 성장한 사람들이다. 각자 다른 듯 비슷하게 여러 역할로 버무려진 삶을 치열하게 살아가고 있는 평범한 대한민국의 40대 여성들이다.

이 책은 '내'가 사라진 팍팍한 일상에서 새벽 기상과 글쓰기, 정리 정돈, 독서, 시간 관리 등으로 숨 쉴 구멍을 찾은 사람들의 이야기다. 나아가 여유롭고 행복하게 사는 시간 부자, 마음 부자가 되어 각자의 삶에서 인생의 주인공으로 새로 고침한 비법이 담겨 있다. 아내와 엄마로 살아가는 평범하고도 힘겨운 하루를 자신의 힘으로 변화시키고 거듭난 우리들의 이야기는 옆집 언니의 조언처럼 친근하게 느껴질 것이다. 성공이나 완성형이 아닌 현재진행형이기에 누구나 쉽게 실천할 수 있는 노하우로 가득하다.

제1장은 시간 부자로 사는 법, 제2장은 마음 부자로 사는 법을 다루었다. 습관 코칭 전문가이자 뇌교육 전문가인 강은영 저자의 비법들이 나온다. 제3장은 바쁜 일상에서 벗어나 여유롭게 사는 전혜련 저자의 노하우를 담았다. 제4장은 자기 이해에서 출발해

삶을 만족스럽게 변화시킨 박혜진 저자의 이야기다. 제5장은 두 번의 암으로 수술을 하고 새롭게 태어난 배윤경 저자의 경험담을 담았다. 각 꼭지에 수록된 명언과 체크리스트는 독자들이 두고두고 참고할 수 있도록 심혈을 기울여 작성했다.

시중에 즐비한 뛰어난 사람들의 위대한 성공 스토리가 와 닿지 않는다면 이 책을 보기 바란다. 엄마와 아내로 살다 '나'를 잃어버린 40대 여성이라면 우리의 이야기가 공감될 것이다. '그럴 수 있어. 괜찮아.' 하며 토닥토닥 안아주듯 위로도 해줄 것이다. 특별한 노력이 아닌 일상의 작은 실천이 하루를 어떻게 바꾸고 인생을 변화시키는지 여정을 따라가다 보면 무릎을 '탁' 칠 만한 깨달음이 올지도 모른다. 자기 계발서를 아무리 봐도 실천이 안 된다면 각 장의 체크리스트를 작성해서 그대로 해보자. 누구나 따라 할 수 있는 방법들로 구성되어 있다.

이제 말뚝에서 벗어나자!

보이지 않는 말뚝이 발목을 잡고 있다면 말뚝이 사라지길 바랄 게 아니라 자신의 힘으로 벗어나야 한다. 내게 충분한 힘이 있다는 믿음과 작은 실천이면 충분하다. 대부분의 사람들은 특별한 것만이 변화를 가져온다고 생각한다. 내가 갖지 못한 조건과 환경이 삶을 나아지게 할 거라고도 여긴다. 결혼하지 않았더라면, 돈이 많았더라면, 일을 계속했더라면 이렇게 살지는 않을 텐데. 나 역시 이런 사고와 현실에 갇혀 십 년이 넘는 시간을 허비했었다.

결혼과 육아로 자신을 잃어버린 40대 여성들이여, 우리는 바쁜 일상에서도 충분히 나를 찾아 변화하고 성장할 수 있다. 하루하루 주인공으로 살다 보면 시간 부자, 마음 부자로 충만하고 여유로운 삶을 살아갈 수 있다. 이 책의 공저자인 우리와 함께 일상을, 나아가 인생을 새로 고침하여 주인공으로 거듭나자!

대표 저자 강은영

contents

제 4 장
만족스러운 삶을 위한 변화는
자기 이해에서 출발한다
박혜진

제 5 장

두 번의 암 수술로
새롭게 태어나다

배윤경

나의 하루는 48시간이다.
시간 부자로 사는 법

강은영

육아와 가사, 업무로 지친
당신을 위한 응급처방

"나는 영토는 잃을지 몰라도
결코 시간은 잃지 않을 것이다."

-나폴레옹

주인공으로 살고 싶어

"나는 오늘의 주인공이다, 나는 시간의 지배자다."

다소 오글거리는 문장이지만, 하루를 이렇게 살고 싶다. 아침마다 그날의 에너지를 충전해 줄 긍정 확언을 쓰는 데 단골로 등장하는 문장이기도 하다. 할 일이 많은 데 시간은 없고, 해놓은 것 없이 세월은 잘도 흘러, 어느 날 눈을 떠 보니 마흔을 넘긴 내가 있었다. 불혹(不惑), 세상일에 정신을 빼앗겨 판단을 흐리는 일이 없는 나이라지만, 나는 삶의 무게에 갈대처럼 요리조리 흔들리며 중심을 잡지 못하고 있었다.

핑곗거리는 많았다. 아이들은 어리고, 둘째는 조산으로 인한 장애를 갖고 있어 엄마의 손이 절대적으로 필요했으며, 능력 있는 남편 덕분에 내 역할은 살림과 육아에만 국한되어도 충분했다. 주부의 일이란 쉬운 것처럼 여겨지고 천대받기도 하지만, 나에겐 무엇보다 어렵고 힘든 일이었다. 손이 마를 새 없이 청소와 빨래, 밥 짓기 등 집안일을 하고, 둘째의 재활 치료를 위해 몇 군데 갔다 오면 하루가 허무하게 끝이 나 있었다. 오늘도 내 시간은 하나도 없었는데 벌써 밤이라니! 억울하고 속상하기도 해서 아이들이 자고 나면 숨죽은 파김치 같은 몸으로 야밤까지 버텼다. 아마도 육퇴(육아 퇴근)는 가장 가혹하고도 짧은 자유이리라.

'내'가 빠진 알맹이 없는 하루를 참 열심히도 살았던 것 같다. 밤이면 붙잡을 수 없는 그날 하루를 아쉬워하고, 연말이면 돌이킬 수 없는 세월을 한탄하다가 꽃 같은 30대를 흘려보내고 말았다. 좋아하고 천직으로 여기는 강의를 하고, 대학원에 다니며 공부하고 싶었으나 스스로 채운 책임감이라는 족쇄를 벗어날 길이 요원했다. 그렇게 10년 넘도록 밤마다 홀로 괴로워하며 나부끼다가 3년 전, 이제는 나도 하고 싶은 일을 해봐야지, 강다짐했다.

당신에겐 시간과 돈이 얼마나 있나요?

대한민국에 사는 우리는 하루에도 수십 번 '바쁘다. 바빠.'를 입에 달고 산다. 아이부터 어른까지 바쁘지 않은 사람이 없다. 기술이 발달하고 생활이 편리해지면서 오히려 시간에 쫓기고 시간의 노예로 사는 사람이 많아지고 있다. 그만큼 우리의 삶이 복잡하고 빠르며 경쟁적으로 변해가는 것이다. 일과 삶의 균형을 뜻하는 워라밸(work-life balance)을 꿈꾸지만, 현실은 아득하기만 하다.

문화체육관광부에서 발표한 2021년 국민 여가 활동 조사에 따르면, 우리나라 성인의 희망 여가는 4.7시간인데 실제 여가는 3.8시간으로 한 시간 정도 부족하다. 희망하는 월평균 여가 비용은 197만 원인데 실제 여가 비용은 149만 원으로, 50만 원 정도 부족한 것으로 나타났다. 시간과 경제적 여유 없이 바쁘게 사는 현대인의 모습을 보여주는 수치이다.

나 역시 십 년 넘도록 살림과 육아에 일심전력했지만 모아놓은 돈도, 여가를 즐길 여유도 없이 나이만 복리로 적립한 느낌이었다. 누구보다 열심히 사는데 시간도, 돈도 없이 쪼들리기만 한 삶을 그냥 받아들이며 살아야 하는 걸까? 지금의 모습이 정말로 나의 최선일까? 답이 정해진 물음을 수없이 던졌지만, 어디서부터 어떻게 시작해야 할지 혼란스럽기만 했다. 오랜 습관과 태도는 의지와 달리 꿈쩍도 하지 않았기에, 사생결단의 심정으로 나를 변화시켜 줄 무언가를 찾기 시작했다.

나만의 시간 만들기

무언가를 하려고 마음먹으니, 그제야 내 문제점이 적나라하게 보이기 시작했다. 늦게 자고 늦게 일어나는 올빼미에다 책과 명상을 멀리한 지 오래, 그나마 운동을 꾸준히 해 와서 다행이랄까? 나만의 시간은 거의 없고, 하기 싫은 일들을 억지로 해내느라 안간힘 쓰며 버티고 있었다. 마음은 말라비틀어진 장작이요, 몸은 늘어진 헌 티셔츠처럼 지쳐있어 날 위한 하루를 살아내기란 역부족이었다.

누구에게나 똑같이 주어지는 하루 24시간, 1,440분, 86,400초. 하루도 빠짐없이 나에게 왔다가 사라지고 마는 무심한 시간을 과연 어떻게 보내고 있는가? 나의 시간 관리 점수는 빵점, 자기 관리 점수는 마이너스, 심각한 상황에 아뜩해졌다. 모든 것이 환경과 상황 때문이 아니라 내 선택이었음을 인정하지 않을 수 없었다.

하고 싶던 일과 학업을 곧바로 시작하기는 어려워서 집에서 할 수 있는 일, 오래도록 품고 있었던 일로 스타트를 끊기로 했다. 바로 책 쓰기. 오랜 꿈인 작가가 되고 강사로서 자질도 키우는 일이었기에 더없이 좋은 시작이었다. 책을 쓰기 위해 새벽에 일어나면서 30년 넘은 올빼미 생활을 청산하고 일찍 일어나 벌레를 잡는 새로 다시 태어났다. 꾸준히 책을 읽고 글을 쓰기 위해 매일 2시간씩 운동도 했다. 일찍 일어나는 새가 피곤하다는 우스갯소리도 있지만, 체력이 뒷받침되니 전보다 활력이 넘쳤다. 집안일과 육아에는 자연스럽게 부담과 책임감을 덜게 되었고, 점점 나를 위한 시간이 늘어났다.

그 결과 5개월 만에 첫 책이 나오고, 다시 6개월 뒤에 두 번째 책이, 5개월 뒤에는 칼럼니스트가 되었다. 단지 나만의 시간을 만들었고, 매일 읽고 쓰는 일을 반복했을 뿐인데 꿈이 내게로 성큼 다가왔다. 좋아하는 일과 중요한 일에 집중하니, 마음이 충만해져 일상의 여유가 생긴 건 물론이다. 가사와 일을 병행하면서도 명상, 독서, 산책, 여행 등 여가를 즐길 시간이 넘쳐났다.

　나를 위한, 나에 의한, 나만의 시간은 꼭 필요하다. 비록 당장 성과가 없고 하는 일에 직접적인 도움이 없더라도. 앞만 보며 쉼 없이 달리기만 하면 결승점에 도달하기도 전에 과호흡으로 쓰러질지 모른다. 멈춰서 숨 고르는 시간, 몸과 마음을 더 단단하게 해주는 시간이 필요하다. 육아나 가사, 업무에 시달리는 사람일수록 날 위한 시간, 숨 쉴 창문 하나쯤 있다면 감옥처럼 갑갑한 현실에서도 희망을 볼 수 있다.

　미국의 성공철학자이자 동기부여가 짐 론은 『시간 관리 7가지 법칙』에서 "시간이 최고의 자원이며 시간을 조절해야 돈도 조절할 수 있다."라고 했다. 시간을 활용하면 무엇이든 할 수 있고, 시간과 돈을 가치 있는 일에 투자하면 부가 가치를 낳는다. 시간과 돈은 불가능한 일이 없지만, 제대로 사용할 줄 모르면 무거운 짐이 되고 만다. 돈은 당장 늘리기 어려워도 시간은 내가 얼마든지 요리할 수 있다. 시간도, 돈도 없는 암울한 현실에 놓인 그대여! 우선 자신의 하루 시간부터 재정비해 보자. 오로지 나만을 위한 시간이 모이고 쌓여 나를 현실의 창문 밖 너머 꿈의 세계로 데려다줄 테니까.

2

인생을 바꿔준
새벽 3시간

"홀로 일어난 새벽을 두려워 말고
별을 보고 걸어가는 사람이 되자."

-시인 **정호승**

나비효과의 시작

어느 날 자고 일어났더니 삶이 바뀌어 있더라. 유명인들은 이렇게 말하곤 한다. 하루아침에 스타가 된 건 아니지만, 나 역시 어느 날 문득 이전과 완전히 달라진 걸 발견했다. 뒤늦게 좋아하는 걸 찾아 꾸준히 했을 뿐인데 자연스레 변화가 온 것이다. 나도 모르게 성공 습관과 부자 습관을 갖게 되었고, 계획에도 없던 일들을 해내며 성과를 냈다. 무엇이 내 인생을 이렇게 바꾼 것일까?

열정과 긍정의 아이콘으로 불렸던 나는 장애아를 키우는 10년 동안 무기력하고, 불평 많고, 부정적인 사람으로 변해 갔다. 아이만 바라보며 하고 싶은 건 꾹꾹 눌러 담은 채 가슴에 무거운 돌덩이를 얹은 듯 살아왔다. 거기에 40대라는 나이의 무게까지 더해져 자존 감은 바닥을 친 상태였다. 이대로 남편이 벌어다 준 돈으로 육아와 살림만 하면 몸은 편하게 살 수 있지 않을까? 도저히 회복할 기미 와 방법이 보이지 않을 만큼 어둡고 무겁게 가라앉아 있었다. 꿈이 고 뭐고 다 포기하고 싶어질 정도로.

둘째가 열한 살이 되던 2020년, 나비의 작은 날갯짓이 시작되었 다. 오랜 꿈이자 몇 년 전부터 벼르고 있던 책을 쓰기로 한 것이다. 때마침 시작된 코로나19 사태로 항공사 기장이던 남편은 일을 나 가지 않았다. 둘째의 재활 치료를 남편한테 맡긴 채 나의 첫 책 집 필은 시작되었다. 아무런 준비도 계획도 없이. 앞으로 어떤 일이 벌어질지 몰랐다는 게 정확한 표현일 것이다. 그저 다시 강의하고 싶었고, 내 이름으로 된 책 한 권 있으면 몸값을 올리고 이름을 알 릴 수 있으리라는 계산이었다. 그렇게 무작정 책을 쓰기로 마음먹 고 책 쓰기 아카데미에 등록하고 나서 5개월 뒤 첫 번째 책 『일류 두뇌』가 세상에 나왔다.

새벽 시간은 왜 기적일까?

많은 자기 계발서에서 성공한 사람들의 공통점을 미라클 모닝 과 명상으로 꼽고 있다. 그 외에도 운동, 글쓰기 등이 있는데, 첫 책 발간 후에 변화한 내 모습을 어느 날 문득 깨닫고는 놀라지 않을 수 없었다. 새벽에 일어나 명상하고 글을 쓰며 오전 운동까지! 수 많은 부자, 성공인들이 말하는 성공 습관이 하나둘씩 내 몸에 착 붙어 있었다. 책을 쓰기 위해 새벽에 일어나 글을 썼고, 그것을 중심으로 다른 습관들이 배열되니 시간에 쫓기지 않는, 시간의 지배자로 살 수 있게 되었다. 이를 계기로 나의 하루, 나아가 인생까지 이전의 모습에서 탈피하기 시작했다.

삶이 획기적으로 바뀐 사람이라면 누구나 계기가 있는데, 나에게는 책을 쓰기 위한 새벽 기상이 고동이 돼주었다. 물론 처음부터 쉬웠던 건 아니다. 아이들이 잠들고 나서야 시간이 났기에, 늦은 밤 컴퓨터 앞에 앉으면 한 줄도 못 쓰기 일쑤였다. TV나 영화볼 때, 술 마시고 놀 때는 괜찮았지만 종일 혹사당한 몸으로 책상에 앉아 있기가 힘들었고, 아이디어는 도통 떠오르지 않았다. 울려대는 휴대폰에 정신을 빼앗기자, 문득 글은 새벽에 써야 한다는 말이 떠올랐다.

글을 쓸 때는 모두가 잠든 늦은 밤이나 새벽이 가장 좋다. 둘 다경험해 본 사람으로서 밤보다는 새벽을 추천한다. 새벽은 저녁 시간보다 스트레스에 대한 내성과 회복 탄력성이 크고 추진력, 창의력도 잘 발휘된다. 새벽 시간의 뇌는 백지이고, 저녁은 낙서가 빼곡한 폐지와 같다. 저녁형보다 아침형 패턴이 정신 건강, 신체 건강에 유리할 수밖에 없다.

새벽 기상에 적응하고 나면 단 며칠 만에 놀라운 경험을 하게 될 것이다. 괜히 '미라클' 모닝이라고 하는 게 아니다. 새벽의 3시간은 곱하기 3을 할 만큼 생산성과 효율성이 높다. 5시에 새벽 기상을 시작했던 나는 4시 반, 그리고 4시로 점점 시간을 당겼다. 내게 주어진 4~5시간에 곱하기 3을 하면 12~15시간이다. 마치 하루를 더 보너스로 얻은 것 같기에 나의 하루는 48시간이라고 당당히 말할 수 있다. 하루가 이틀 같다니, 기적이 아니면 그 무엇으로 설명할 수 있을까?

미라클 모닝으로 삶을 업그레이드하기

새벽에 일어나 글을 쓰면 이후로 무얼 하든 하루가 만족스럽다. 새벽에 일어나는 일, 글을 쓰는 일 하나만 하기도 쉽지 않은데, 두 가지를 동시에 해내니 뿌듯함은 이루 말할 수 없다. 게다가 내가 쓴 글이 모여 책이 되거나 나를 알리는 콘텐츠가 되므로 하지 않을 이유가 없다. 새벽 5시에 온라인 회의실에 모여 글을 쓰는 새글캠(새벽 글쓰기 캠프) 회원들도 혼자서는 힘든 새벽 기상을 꾸준히 함께 하며 하루하루 성장하고 있다. 매일 충만함과 행복함으로 하루를 시작하는 삶이라니! 믿기지 않겠지만 나와 새글 남녀들의 하루가 그러하다.

거의 3년간 매일 꾸준히 글을 쓴 결과, 지금은 세 권의 책과 열두 권의 전자책을 쓴 저자가 되었고, 신문사와 잡지의 칼럼니스트로 탈바꿈했다. 강의와 코칭으로 수익을 내는 1인 기업가이기도 하다. 장애아를 키우던 주부가 이렇게 바뀔 줄은 상상조차 하지 못

했다. 번데기에서 나비로 탈피한 것 같달까? 먼 훗날 막연한 꿈으로만 그리던 것과 감히 꿈도 못 꾸던 것들을 내 손으로 직접 그리고 만들 수 있게 되었다. 그저 책 한 권 쓰고 싶었던 작은 날갯짓이 엄청난 태풍으로 내 삶에 나비효과를 일으킨 것이다.

모두가 새벽에 일어날 필요는 없다. 하지만 시간에 쫓기고, 나만의 시간이 없어 해야 할 일을 자꾸만 미룬다면 그 답은 새벽에 있다. 가장 가볍고 집중이 잘되는 뇌 컨디션이기 때문이다. 새벽이 아니더라도 단 한 시간이라도 기상 시간을 당긴다면 놀랍도록 여러분의 하루가 달라질 것이다. 물론 밤의 고요함과 감성 덕분에 집중이 잘되는 사람과 직군도 있다. 올빼미족들에겐 이미 습관이 되어버렸기에 고요한 밤이 가장 거룩한 밤일 것이다.

학창 시절부터 올빼미로 살아왔던 나도 새벽에 맛을 들이고 나서 다시는 예전으로 돌아가고 싶지 않을 정도로 새벽 감성에 중독이 되었다. 내 인생을 바꿔준 새벽 3시간을 이대로 유지한다면 앞으로 3년, 30년 뒤에는 얼마나 많은 것들이 바뀌어 있을까? 또 다른 작은 날갯짓이 어떤 태풍을 몰고 올까? 나를 어느 곳으로 데려다줄까? 너무도 설레는 궁금증을 안고 오늘도 시간 부자의 하루를 시작한다.

저녁 시간이
새벽 시간을 창조한다

"오늘 좋았던 일을 생각하고
다가올 내일에 대해 미소를 지어라."
-앨런 긴즈버그

당신의 저녁은 안녕하십니까?

"어제 너무 늦게 자서 못 일어났어요. 요즘 일이 많아 새벽녘에 잠들거든요."

새벽 글쓰기 캠프 회원들이 5시 모임에 참석하지 못하는 이유는 한 가지다. 바로 늦게 자거나 잠을 설치는 수면 부족. 가끔은 잠을 제대로 못 자더라도 새벽에 일어날 수 있다. 하지만 몇 개월, 몇 년을 유지하기 위해서 충분한 수면은 필수조건이다. 굶기는 것보다 잠을 안 재우는 고문이 더 혹독하다고 한다. 잠이 보약이라고, 나 역시 피곤할 때는 배고픈 줄도 모르고 잠부터 자고 본다.

패기 넘치게 새벽 기상에 도전하는 사람들이 간과하는 게 한 가지 있다. 무조건 일찍 일어나기만 해서 되는 게 아니다. 새벽 기상을 오래 유지하기 위해서는 저녁 시간을 먼저 관리하지 않으면 안 된다. 전날 저녁이 다음 날 새벽 시간을 결정한다고 볼 수 있다. 일찍 자야 일찍 일어날 수 있는 건 물론이고, 자기 전에 격렬한 운동을 하거나 술을 마시면 새벽에 눈을 뜨기가 무척 고되다. 일찍 자고 일찍 일어나는 어린이처럼 건전한 저녁 시간을 보내야 새벽의 축복을 맘껏 만끽할 수 있다.

저녁이 다음 날을 결정한다

새벽 기상을 하기 전, 나의 저녁 풍경은 이랬다. 종일 총알택시 운전사처럼 둘째의 재활 치료를 위해 사방으로 다니다 집에 돌아온다. 지칠 대로 지쳐 돌아오는 차에서 오늘의 고난과 내일의 불안이 뒤섞인 눈물을 닦으며 소리죽여 훌쩍인다. 저녁을 먹고 나면 설거지할 힘조차 없어 산더미처럼 쌓인 그릇을 바라보며 한숨을 쉰다.

두 아들과 전쟁 같은 시간을 보내고 아이들이 잠드는 시간은 밤 10시에서 11시. 이제부터 나는 자유다. 책보고 공부도 좀 해볼까? 생각이 드는 동시에 몸이 거부한다. 쉬어야 해! 종일 고생했는데 그냥 즐겨. 맥주 한 잔과 맛있는 안주를 들고 TV 앞에 앉아 육퇴의 기쁨을 온전히 누린다. 누구라도 한잔하자고 불러내면 두말하지 않고 나간다. 자유 시간이 아까워 취침을 최대한 미루다가 동틀 새벽에 잠든 적도 많다.

당시에는 그게 최선 같았지만, 다음 날 아침에 남는 건 자괴감뿐이었다. 육아에 지친 내게 가장 행복한 시간은 아이들이 잠들고 난 이후였으니, 어쩔 수 없었으나 갈수록 피곤함에 절은 채 뱃살과 주름만 늘어 갔다. 둘째를 다른 사람에게 맡겼다면 해결될 문제였으나, 장애가 있었고 아직 어렸기에 도저히 그럴 수 없었다. 끊을 수 없는 악순환의 고리 속에서 10년을 방황하고 나서야 내 손으로 고리를 끊어 내기로 마음먹었다. 아이들이 잠들 때 같이 자고, 대신 아이들보다 몇 시간 일찍 일어나기로 한 것이다. 그 선택은 내 인생에서 가장 잘한 선택 중 하나가 될 만큼 기념비적인 일이 되었다.

밤 문화와의 이별

저녁에 일찍 자려면 먼저 밤 문화로부터 멀어져야 한다. 저녁 시간은 다음 날을 위한 워밍업 시간이다. 늦게까지 술을 마시거나 TV, 영화를 보면 그 순간은 즐거울 수 있으나 돌아서면 후회가 남는다. 가끔은 그럴 필요도 있지만, 일상이 되어 버리면 생산적이고 효율적인 아침 시간을 영영 만나지 못한다. 미라클 모닝을 하려면 몇 시에 자야 다음 날 무리 없이 일어날 수 있을지 계산해 본 후 그 시간에 자기 위해 노력할 필요가 있다. 밤에 할 일이 많다면 다음 날 새벽으로 미뤄보자. 몇 배는 성과가 좋을 것이다.

근 3년간은 코로나 사태로 인해 저녁 모임이 거의 없었다. 밤 문화와 멀어져야겠다고 확실히 마음먹으면 일찍 자고 일찍 일어나는 게 그다지 어렵지 않았다. 만약 이런 시기가 아니었다면 내 미라클 모닝은 잠깐의 해프닝으로 그쳤을지도 모른다. '코로나 덕분에' 남편이 회사를 나가지 않아 둘째의 치료를 맡길 수 있었고, '코로나 덕분에' 모임이 없어 밤 문화와 쉽게 이별했으며, '코로나 덕분에' 외출을 삼가고 집안에서 시간을 보내며 글을 쓸 수 있었다. 직장에서도 회식이 없었기에, 이 시기를 잘 보냈던 사람은 각자의 기적을 맛보았을 것이다.

저녁에 피곤해서 생산성이 떨어진다면 저녁 시간부터 관리해보자. 가벼운 산책과 반신욕, 명상 등을 통해 몸과 마음에 에너지를 돌게 하고 휴식을 취함으로써 다음 날을 준비한다. 아이들을 보살펴야 한다면 배우자의 도움을 받거나 아이가 스스로 할 수 있도록 해보자. 남은 업무가 있다면 다음 날 아침 일찍 하는 것이 효율적이다. 2~3시간 걸릴 일이 1시간도 안 돼 끝나는 이변이 일어날 것이다. 오늘 할 일을 내일로 미루는 여유와 즐거움도 맛볼 수 있다.

늦은 밤에는 최대한 아무것도 안 하는 게 바람직하다. 고민거리나 할 일이 떠오르면 메모해두고 다음 날 해결한다. 잠자기 전 가볍게 독서를 하거나 다음 날 일정을 정리하는 것 정도는 괜찮다. 시간 부자에게 저녁 시간은 무얼 하기보다 차분히 하루를 마무리하고 다음 날을 준비하는, 달리기 위해 잠시 멈춰 호흡을 고르는 시간임을 잊지 말자.

4

기계처럼 반복하기, 습관과 리추얼(ritual)의 힘

"습관은 최고의 하인이거나 최악의 주인이다."
-나다니엘 애먼스

미루기 vs 즉각 하기

시험공부를 하는 두 친구가 있다. 앉자마자 공부하는 A와 달리 B는 책상 정리에 공을 들였다. 성격이 깔끔해서 그런 게 아니라 공부가 하기 싫어 미루는 거다. 천천히 정리를 마친 B는 다음으로 계획표를 만들었다. B가 정리와 계획을 수립하느라 지쳐서 간식을 먹으며 휴식을 취하는 동안 A는 한 과목 공부를 끝마쳤다.

무언가를 시작할 때 준비 과정이 길거나 복잡하면 뇌는 시작하기도 전에 에너지를 잃고 지친다. 글쓰기, 운동, 독서를 예로 들면, '오늘부터 글을 써야지.' 마음먹었는데 무얼 어떻게 써야 할지 몰라 고민하고 자료만 찾다가는 쓰지 못한다. 운동하기 전 챙길 준비물이 많거나 운동센터가 멀리 있다면 안 그래도 하기 싫은 운동이 더 하기 싫다. 책을 읽으려고 아무리 다짐해도 책을 사거나 빌리는 과정이 복잡하면 책을 펼치는 데까지 쉬이 가지 못한다.

　나는 꾸준히 하기 어려운 습관들을 많이 가지고 있다. 매일 새벽 4시에 기상하고 명상과 글쓰기를 한다. 아침마다 셀프 칭찬과 긍정 확언을 적고, 오전에 2시간가량 운동을 하며 하루에 2.5L 이상 물을 마신다. 저녁은 샐러드 위주로 간단히 먹고 야식은 먹지 않는다. 저녁 산책 후 그날 있었던 일 중 세 가지를 골라 감사일기를 쓰고 독서를 하면 하루가 끝이 난다. 짧게는 2년에서 길게는 20년 넘게 유지해 온 것들이다. 어떻게 하면, 이 많은 것들을 시작하고 꾸준히 해낼 수 있을까?

습관과 리추얼(ritual), 작게 시작하기

　습관이란 어떤 행위를 오랫동안 반복하는 과정에서 저절로 익혀진 행동 방식을 말한다. 세 살 버릇 여든까지 간다고, 한번 들인 습관은 어지간해서 바꾸기가 어렵다. 수십 년을 올빼미로 살아왔기에 처음 책을 쓰려고 새벽에 일어났을 때 종일 졸리고 머리가 깨질 듯 아파서 새벽 기상을 포기할 뻔했던 적도 많다. 야식과 술을 즐기던 습관도 삶의 큰 축이 되어 버티고 있었다. 이미 무의식에 각인된 행동을 바꾸는 일은 뼈를 깎는 고통과도 맞먹을지 모른다. 그래서 갑자기 무언가를 모조리 바꾸려고 하기보다 가장 필요하고 중요한 것 한두 개를 시작으로 하나씩 습관이 되도록 하는 것이 좋다.

리추얼은 의식적으로 반복하는 행위를 말한다. 아직 무의식에 입력되지 않아 완전히 습관이 되지 않았기에 노력이 필요하다. 무언가 습관을 들이고 싶다면 하루 5분 리추얼로 '작게' 시작해보자. 아침 독서, 운동, 명상, 감사일기 등 짧은 시간이라도 매일 일정한 시간에 반복하는 것이다. 운동을 하지 않던 사람이라면 계단 오르기, 1분 플랭크처럼 특별한 준비가 필요 없는 가벼운 걸로 시작한다. 감사 일기도 하루에 감사한 일 한 가지 찾기로 시작하면 수월하다.

나는 3년 전, 처음 책을 쓰기로 마음먹고 새벽에 일어나기로 했다. 평소보다 30분 일찍 자고 일찍 일어나는 걸 시작으로 시간을 조금씩 당기다 보니, 한 달도 되지 않아 3시간 일찍 기상하는 것이 가능해졌다. 시간과 노력은 쌓이고 쌓여 장애아 키우는 주부였던 나를 작가와 칼럼니스트, 1인 기업 대표의 자리로 데려다 놓았다. 한때 잘나가던 뇌교육 강사였지만 둘째가 장애를 얻은 이후 10년 넘게 시간의 노예로 멀리 있는 행복을 좇아 허덕이며 살아왔다. 아이를 위해 시간과 에너지를 오롯이 바쳤지만, 알맹이 빠진 쭉정이처럼 나이만 먹어가는 서러운 날들이었다. 다시는 돌아가고 싶지 않은. 그랬던 내가 지금의 자리로 온 것은 습관과 리추얼 덕분이었다고 자신 있게 말할 수 있다.

버튼을 누르면 작동하는 기계처럼 반복하기

"시작이 반이다."라는 말은 과학적인 근거가 있다. 정신의학자 에밀 크레펠린의 작동 흥분 이론(work excitement theory)에 의하면, 일단 일을 시작하면 뇌의 측좌핵 부위가 흥분하기 시작하여 관심과 재미가 없던 일에도 몰두하고 지속할 수 있게 된다. 미루거나 머뭇거리는 순간 성공과는 거리가 멀어지는 것이다. 우리 뇌는 시동이 걸리면 자동으로 작동하는 기계와 같다. 뭔가를 시작해야 뇌가 활성화하고, 한번 시작하면 나머지는 자동으로 이루어지게 된다. 무언가를 하기 위해서는 버튼을 누르면 작동하는 기계처럼 일단 시작부터 해야 한다. 정해진 시간에 생각 없이 '시작!'하고 움직이는 것이다.

흔줄에 시작한 글쓰기는 내가 지닌 습관과 리추얼 중에 가장 유지하기 힘든 일이다. 매일 쓰는 사람으로 살기 위해서는 글을 써야 하는 명백한 이유와 목표, 강한 의지, 체력과 더불어 글쓰기 시간을 따로 마련하는 등 필요한 게 한둘이 아니다. 쉽게 써지지 않을뿐더러 필력이 금방 좋아지지도 않는다. 그래서 기상 후 스트레칭과 명상을 하고 나면 피아노 연주곡을 틀고 2~3시간 정도 무작정 쓰고 본다. 분량을 어느 정도 채우고 얼마나 잘 쓰는지 크게 신경 쓰지 않는다. 매일 새벽 글쓰기 버튼을 누르고 정해진 시간 동안 그저 쓸 뿐이다.

그다음으로 어려운 일은 새벽 기상이다. 전날 늦게 잤거나 잠을 설치는 날이면 침대가 날 붙잡고 놓아주질 않는다. 더 자고 싶지만 '그냥' 벌떡 일어난다. 오전에 다시 자거나 낮잠을 자더라도 새벽 시간만큼은 일정하게 움직이도록 설정해 놓았기 때문이다. 내 몸은 기계이고, 나는 그 주인으로서 세팅하고 작동시키는 것이다. 그렇게 하지 않으면 잠을 못 자서, 몸이 아파서, 오늘은 중요한 일이 있어서 등 퍽 다양한 이유와 핑계가 새벽에 일어나지 못하도록 막는다.

피겨 여왕 김연아는 한 인터뷰에서 이렇게 말했다.

"운동하면서 무슨 생각 해요?"

"무슨 생각 안 해요, 그냥 하는 거지."

습관과 리추얼(ritual)의 힘

매일 새벽 알람을 들으면 자동으로 일어나서 간단히 스트레칭과 명상을 하고 난 다음, 컴퓨터를 켠 후 잔잔한 음악을 틀고 글을 쓰기 시작한다. 완성하건 못하건 쓰는 행위에 의의를 둔다. 운동할수록 몸에 근육이 생기듯, 글쓰기에도 근육이 붙어 글쓰기가 점점 쉬워지기도 했다. 두 발이 트레드밀에 닿으면 자동으로 움직이는 것처럼 손가락이 키보드를 만나면 알아서 움직인다. 처음에는 의식적으로 노력했던 것들이 '하기 싫다, 어렵고 힘들다.'라는 생각과 감정을 넘어서 무의식의 영역으로 들어간다. 그때까지 반복해야 애쓰지 않아도 저절로 할 수 있게 된다.

운동하기 싫은 날이면 '10분이라도 하자.'는 마음으로 우선 집을 나선다. 하기 싫다는 생각 대신 몸을 움직이는 데 에너지를 집중하는 것이다. 나가서 걷기 시작하거나 운동 센터에 가면 신기하게도 한두 시간은 거뜬히 운동한다. 시작 버튼을 누르기가 어려워서 그렇지 일단 작동만 하면 늘 해오던 대로 움직이게 되어 있다. 그것이 바로 습관과 리추얼의 힘이다. 작게 시작하기와 아무 생각 없이 기계처럼 반복하기, 이 단순한 진리를 실천한다면 여러분도 성공 습관, 부자 습관을 지닐 수 있다.

선택과 집중,
고수와 하수의 차이점

"할 수 있는 것에 집중하고,
할 수 없는 것을 후회하지 말아라."

-스티븐 호킹

당신은 고수입니까, 하수입니까?

"오늘이 무슨 요일인지 몰라요. 날짜도 모르고요. 전 그저 수영만 해요."

미국의 전설적인 수영 선수 마이클 펠프스, 올림픽 메달 28개로 최고 기록을 보유한 그가 남긴 명언이다. 다른 건 아무것도 신경 쓰지 않고 오로지 수영 한 가지에만 집중했기에 이룬 성과이리라. 한 분야의 고수가 되려면 많은 시간과 노력을 집중적으로 투자해야 가능하다. 먹고 자는 시간 외에 그것만 하는 것이 거의 불가능해서 그렇지, 할 수만 있다면 누구도 따라올 수 없는 달인이 될 수 있다.

반면 늘 시간에 쫓겨 시간을 분 단위로 확인하며 '바쁘다, 바빠.'
를 입에 달고 있는 사람은 하수의 삶을 살아가는 셈이다. 너무 많
은 일을 하느라 24시간이 부족하다. 모임도, 직함도 많다. 고수는
중요한 일에 선택과 집중을 함으로써 성과가 좋고 여유도 있지만,
하수는 쓸데없이 많은 일에 관심을 쏟고 시간을 낭비함으로써 복
잡하고 바쁜데다 성과도 없는 삶을 산다.

나 역시도 주위에서 알아주는 바쁜 사람이었다. 가족, 친구들한
테 항상 들었던 말, "너 바쁘잖아!" 오랜 시간 바쁘고 영양가 없는
하수로 살아오다가 하루 24시간을 선택과 집중해서 사용하기 시작
하면서부터는 성과와 여유가 넘치는 고수의 삶을 살아가고 있다.

잡초부터 제거하자

사소하고 중요하지 않은 일들로 하루를 채우면 정작 중요하고
해야 할 일들을 놓치게 된다. 굳이 해야 할 일이 아닌데도 책임감
이나 부담감 때문에 한다면 바쁜 건 물론이고 마음에 짐이 된다.
심리적인 부담감은 다른 일에 방해가 되어 시간을 효율적으로 사
용할 수 없게 한다. 중요한 일에 집중하지 못하거나, 하는 일 없이
마음만 불편한 상황이 계속된다. 정작 써야 할 일에 에너지를 쓰지
못하고 엉뚱한 곳에 낭비하는 셈이다.

예를 들어, 학교가 가까운 거리에 있는데도 불구하고 아이를 차

로 태워다 주거나, 밤늦게 학원 갔다 오는 아이한테 간식을 챙겨주는 일은 하지 않아도 된다. 직장에서도 다른 사람한테 맡기거나 부탁해도 되는 일을 무조건 내가 해야 한다며 하진 않았는지 생각해보자. 나는 주말 아침에 밥을 먹지 않은 큰아들과 씨름하기를 그만두면서 자유 시간과 마음의 평화를 덤으로 얻었다. 공복 산책과 독서를 길게 할 수 있는 여유도 생겼다. 밤마다 늦게 자는 큰아들과 실랑이하는 대신 둘째와 일찍 잠자리에 든다. 아이가 아침밥을 안먹고 늦게 잔다고 엄마의 역할을 잘못하는 것도 아니고, 아들에게 큰일이 생기지도 않았다.

시간을 잘 사용하려면 선택과 집중을 잘해야 한다. 그날 해야 할 일 목록을 To Do List로 작성하는 것도 중요하지만, 너무 바쁜 삶을 살고 있다면 안 해도 되는 일부터 찾아서 없애는 것이 좋다. 꽃과 나무가 잘 자라도록 잡초를 없애는 과정이다. 굳이 안 해도 되는 일은 시간뿐만 아니라 에너지를 빼앗는다. 뇌는 멀티태스킹이 불가능하기 때문이다.

여러 가지 일을 동시에 하거나, 수시로 이 일 저 일로 주의를 분산시키는 건 자신의 능력치를 깎아 먹는 행위다. 큰 에너지가 필요한 일 한 가지보다 자질구레한 일 몇 가지가 시간도 많이 들고 훨씬 힘들다. 에너지가 분산되기 때문이다. 내 일과에서 에너지를 빼앗아 가는 잡초는 무엇인가부터 고심해보자.

하루, 일주일을 우선순위로 선택하고 집중하기

나는 글쓰기와 운동을 최우선으로 두고 일정을 배열한다. 매일 새벽에 3시간 동안 글을 쓰고 오전에 2시간 동안 운동을 한다. 그 외에 업무와 책 읽기, 집안일, 육아 등은 사이사이에 배치한다. 가장 중요한 두 가지를 선택해서 매일 일정한 시간에 집중해서 하고 나머지는 좀 더 여유롭게 해나가는 것이다. 글쓰기와 운동이라는 두 개의 큰 바퀴가 나머지 작은 바퀴를 이끌고 감으로써 하루가 굴러간다. 일주일도 마찬가지다. 평일이 비슷하게 굴러가고, 주말은 아침 시간이 좀 더 주어져서 여유 있게 산책과 독서를 즐긴다. 주말에 밑반찬 몇 가지를 만들고, 저녁마다 샐러드로 먹을 과일, 야채를 손질해 놓으면 다음 일주일이 느긋하다.

하루, 일주일의 시간을 중요한 일과 그렇지 않은 일로 선택 후 집중해서 사용하면 시간이 매우 더디게 흘러간다. 3시간 글쓰기와 2시간 운동을 끝냈는데도 아직 오전 11시밖에 안 됐다니! 시간 부자가 된 만족감은 무엇과도 바꿀 수 없다. 이렇게 하루를 이틀처럼 살면 수요일쯤 됐을 때 금요일인 것처럼 느껴진다. 아직 오늘이 많이 남았네? 아직도 주말이 아니네? 많은 걸 하고도 여유가 넘치니, 나만의 시계는 2배속 느리게 흘러가는 것 같다. 부단히 해온 결과, 책과 전자책이 늘어나고 칼럼과 콘텐츠 채널에 글이 쌓여 간다. 40대 중반의 나이에 S라인과 복근, 20대 못지않은 체력도 얻었다. 고수의 삶을 살아가지 않을 이유가 없다.

고수의 삶 선택하기

선택과 집중을 잘하는 고수가 되려면, 자신의 일과에서 중요하고 꼭 해야 할 일을 먼저 찾아보자. 그 일을 반드시 해낼 수 있는 시간에 배치해서 집중하고 나머지는 곁두리에 하면 된다. 나는 중대한 일, 힘들지만 꾸준히 해야 할 글쓰기는 새벽에 몰입해서 한다. 어떤 방해도 받지 않는 나만의 시간이기 때문이다. 가장 중요하고도 어려운 일을 가장 집중이 잘되는 시간에 해내고 나면 이후 시간은 여유가 넘친다. 하루가 이틀처럼 길게 느껴진다. 하여 나는, 더는 시간에 쫓기지 않는 시간 부자, 고수가 되었다.

매 순간 100% 에너지를 쓰거나, 중요하지 않은 일에도 똑같이 에너지를 쓰면 쉽게 방전된다. 무엇이든 꾸준히 성과가 나올 때까지 하기 위해서는 체력, 열정, 능력 등 자신의 모든 에너지를 잘 관리하여 사용할 필요가 있다. 일에 우선순위를 정하고, 중요한 일에 더 에너지를 쏟는다면 나머지 것들은 자연스럽게 정리가 된다. 쓸데없이 붙잡고 있던 일에 위임이나 포기도 쉬워진다. 자, 이제 여러분의 삶에서 꽃을 피우기 위해 잡초를 찾아 제거하고 물과 영양분을 적시 적소에 사용할 때이다.

6

체력이 실력이다

"이루고 싶은 게 있다면 체력을 먼저 길러라."
-드라마 <미생> 대사

내가 매일 운동하는 이유

20대 초반, 풋풋한 여대생 시절 처음으로 피트니스 센터에 다니기 시작했다. 일대일 PT를 받고 운동에 재미를 붙여 11자 복근을 만들기 위해 애썼다. 복근이 생기고 운동에 재미를 붙일 즈음 회사에 다니기 시작하면서 검도, 재즈댄스, 요가 등 다양한 운동을 섭렵했다. 20대 후반에 결혼하고 출산과 육아를 반복하느라 잠시 쉬었던 운동은 30대 중반이 되어서야 다시 시작할 수 있었다.

40대 중반인 요즘에는 하루 2~3시간을 운동에 '투자'한다. 20대 때는 단순히 재미로 운동을 했고, 30대 때는 살을 빼기 위한 목적이 컸으며, 40대가 되어서는 하고 싶은 일을 마음껏 하기 위해 운동을 한다. 체력이 뒷받침되지 않았다면 새벽에 일어나는 건 고사하고 몇 시간씩 앉아서 글을 쓸 수나 있었을까? 누구든 피곤하거나 아플 때는 만사가 귀찮고 손가락 하나 까딱하기도 힘들다. 아무리 돈이 많고 능력과 열정이 넘쳐도 건강하지 않으면 무용지물이다. 영원히 젊고 건강하면 문제야 없겠지만, 나이가 들수록 체력이 곧 능력이며 실력이라고 할 수 있다.

한양대학교 유영만 교수는 부자가 되기 위해서 가장 우선으로 해야 할 일을 운동으로 꼽는다. 우리 몸을 구성하는 근본적인 에너지는 신체 에너지이므로, 가장 안전하고 필수적인 투자는 몸에 하는 '근(筋)테크'라고 말한다. 그가 주장하는 운동을 해야 하는 세 가지 이유로 첫째, 몸은 세상의 중심이다. 몸이 바로잡히면 아무리 혼란스럽고 어려운 일이라도 나를 중심으로 헤쳐 나갈 수 있다. 최고의 자산은 나이므로 몸을 먼저 바로 잡아야 한다. 둘째, 내 몸은 우리의 몸이다. 모두가 건강하고 행복하기 위해서는 각자 몸에 '투자'를 해야 한다. 마지막으로 몸은 꿈으로 향하는 엔진이다. 몸을 던져 체험을 해봐야 좋아하는 것, 잘하는 것을 찾을 수 있다. 근테크는 장수 시대에 다른 어떤 것보다 우선으로 해야 할 투자이다.

몸을 움직여야 삶도 움직인다

나는 3년 가까이 매일 새벽에 일어나 글을 쓰고 있다. 각종 강의와 코칭, 온라인 프로그램까지 하루에 해야 할 일이 무척 많다. 이 많은 것들을 어떻게 다 하느냐고 사람들이 종종 묻는다. 단 며칠, 몇 달은 할 수 있어도 몇 년씩 꾸준히 하기란 쉽지 않기 때문이다. 나의 꾸준함은 타고난 체력이 좋아서도, 의지가 강해서도 아니다. 건강과 체력이 무엇보다 중요함을 알기에 기를 쓰고 운동하면서 몸에 투자한 결과이다. 건강을 잃으면 지금껏 공들인 탑이 순식간에 무너질 수도 있어서 무슨 일이 있어도 운동은 반드시 한다.

"머리가 나쁘면 손발이 고생한다."는 말은 과학적으로 틀린 말이다. 오히려 몸을 움직이지 않으면 머리가 나빠진다. 몸을 움직이는 운동은 건강을 지켜줄 뿐만 아니라 뇌 혈류량을 높여 최상의 기분과 컨디션을 유지해 준다. 운동할 때 나오는 엔도르핀, 도파민 같은 호르몬이 일상을 유쾌, 상쾌하게 할 뿐만 아니라 새로운 일, 힘든 일에 도전할 수 있게 해준다.

신경과학자 다니엘 울퍼트는 '뇌가 존재하는 이유는 움직이기 위해서'라고 했다. 몸을 움직이지 않으면 뇌가 중요하지 않은 걸로 여겨져 퇴화했을 거라고 주장한다. 실제로 멍게는 유생일 때 올챙이 모양으로 헤엄쳐 다니지만, 성체가 되면 바위에 붙거나 해저 바닥의 흙 속에 파묻혀 살기 때문에 움직이지 못한다. 이때 자신의 뇌를 스스로 먹어 치운다. 유생일 땐 뇌를 이용해서 먹이를 열심히 찾아다니지만, 성체는 더 이상 움직이지 않고 흘러 들어오는 먹이만 잡아먹기 때문에 에너지 소모가 많은 뇌가 필요하지 않은 것이다. 이처럼 신체의 움직임과 운동은 뇌 건강과 발달에도 큰 영향을 미친다.

운동은 에너지를 쓰는 일이므로 힘이 들고 즐기기란 더욱 어렵다. 코치하다 보면 "운동이 너무 재미없어요. 근력 운동은 하기 싫어요."라고 하는 사람이 많은데, 운동을 머리로 생각하기 시작하면 하지 못할 핑계와 변명이 우후죽순 생긴다. 밥을 재미로 먹거나 매번 좋아서 먹는 사람은 없다. 살기 위해 먹는 것처럼, 아무리 힘들고 하기 싫어도 몸을 움직여야만 한다. 운동을 해야 하는 이유, 하지 못하는 상황에 집착하기보다 어떻게 하면 운동을 꾸준히 할 수 있을지 고민하는 건 어떨까?

체력이 실력이다

새벽 글쓰기 캠프 참가자 중 새벽 기상을 6개월 이상 유지할 수 있는 사람은 10%도 되지 않는다. 내가 3년 가까이 주말에도 새벽 기상을 할 수 있는 이유는 그동안 꾸준히 해온 운동 덕분이다. 아무리 의지가 강하고 열정이 넘쳐도 체력이 뒷받침되어야 꾸준함도 함께 자란다. 체력이 능력을 뒷받침하며 곧 실력이라는 것을 나이가 들수록 절실하게 느끼고 있다.

행동반경이 좁아지면 만나는 사람은 물론이고 삶의 범위도 좁아진다. 많이 움직일수록 넓은 세상을 만날 수 있다. 사람은 어리고 젊을 때는 이리저리 밖으로 돌아다니다가 나이가 들수록 활동량이 줄어든다. 그러다 죽음에 이르면 모든 움직임을 멈추고 제 몸

하나 누일 공간(棺)에 들어간다.

　몸과 마음이 건강한 사람만이 나이가 들어서도 젊은이처럼 활발하게 움직일 수 있다. 살아 있어도 움직이지 못하는 사람을 식물인간이라고 한다. 생명 기능은 있으나 대뇌가 손상되어 의식과 운동 기능을 상실한 경우를 말한다. 운동을 하지 않거나 두려움에 새로운 시도를 못 하는 사람에게 충격요법으로 이렇게 말할 때가 있다. 생각만 하고 몸을 써서 움직이지 않으면 식물인간과 다를 바 없다고.

　"인생은 자전거 타기와 같다. 균형을 유지하려면 계속 움직여야 한다." 역사상 가장 뛰어난 천재인 아인슈타인의 명언이다. 책상에 가만히 앉아서 고민한다고 문제가 해결되지 않는다. 몸을 움직여야 아이디어가 생기고 복잡한 문제를 처리할 수 있으며 인생이 발전한다. 몸을 움직일수록 건강해지고 움직이는 만큼 우리 삶이 풍요로워진다. 움직일 수 있고 몸의 능력을 키울 수 있다는 건 큰 축복이다. 체력이 곧 나의 실력임을 명심하고 지금 당장 움직여 보자.

7

함께 가면 멀리 오래 간다
(새벽 글쓰기 캠프)

"나에게 혼자 파라다이스에서 살게 하는 것보다
더 큰 형벌은 없을 것이다."

-괴테

혼자가 제일 좋아

몇 년 전, 아파트 같은 동에 사는 동생과 단지 내에 있는 요가 센터에 함께 다니게 되었다. 나는 요가가 끝나면 헬스를 했기에 동생도 따라 했다. 자꾸 말을 거는 통에 운동하는 것에 집중할 수 없어 난감할 때가 많았다. 그로부터 얼마 후 걸어서 10분 거리의 스피닝을 같이 다니게 되었다. 이번에도 동생이 날 따라온 것인데, 시간 약속을 한 뒤 만나서 가고 집에 올 때도 같이 와야 했다. 헬스를 먼저 한 뒤 스피닝을 가고 싶고, 오갈 때는 자전거를 타고 싶은데 그럴 수가 없었다. 운동하러 가기가 그토록 싫고 귀찮은 적은 처음이었다.

나는 주로 혼자 하는 걸 좋아한다. 다른 사람한테 맞추거나 신경 쓰는 게 싫기 때문이다. 특히 헬스처럼 혼자서 하는 운동을 다른 이와 함께하면 효율성이 떨어진다. 내가 원하는 시간에 하고 싶은 만큼 하지 못하는 것도, 수다를 떠느라 시간을 빼앗기는 것도 싫다. 오랫동안 혼자 공부하고, 혼자 운동하고, 혼자 일해 왔기에 누군가와 함께하는 게 불편하고 싫을 수밖에 없었다.

스스로 이기적이라 생각하고 살았는데 두뇌 유형, 성격유형을 공부하면서 나는 그런 성향의 사람이라는 걸 알게 되었다. 뭐든 혼자서도 척척 잘하는 성과주의자였기에, 결과가 좋고 빨리 나오는 방법을 선호하게 된 것이다. 반면 다른 사람과 함께할 때 더 힘을 내는 사람도 있다. 새로운 시도나 도전을 혼자서는 시작하기 힘들고 오래 하지 못하는 사람이라면, 무리나 모임에 들어가는 게 좋은 방법이다.

새글캠, 새벽 글쓰기 캠프

내게 작가라는 이름이 붙고 나서 가장 중요하게 우선으로 하는 일은 새벽 기상과 글쓰기다. 이 두 가지를 오래 잘하는 방법은 무엇일까? 고민 끝에 탄생한 것이 바로 새글캠, 즉 새벽 글쓰기 캠프다. 다른 사람과 함께하기를 선택한 것이다. 새벽에 일어나 글 쓰는 일을 혼자서 꾸준히 해왔기에 고민이 많았다. 괜히 방해되는 건 아닐까? 신경 쓰느라 글을 제대로 쓰지 못하면 어떡하나? 1년 가까이 운영한 지금에 와서 보면 내 선택은 아주 탁월했다고 평가할 만하다.

새글캠은 새벽 5시에 온라인 회의실에 입장해서 각자 명상하고 글을 쓰는 프로그램이다. 월요일만 내 주도하에 브레인 명상과 긍정 선언문을 낭독하고 각자 키보드로 필사하기(10분), 글쓰기(30분)를 한 후 희망자가 글을 낭독하고 월 1회 글쓰기 강의도 한다. 화요일부터 금요일까지는 자유롭게 회의실에 들어와 각자 상황에 맞게 한다. 꾸준히 글을 쓰기에 최적화된 환경을 제공하고, 자신에게 맞는 루틴을 찾아 매일 실천할 수 있도록 하고 있다.

글을 쓰기 전 명상을 하면 집중력과 몰입력을 기를 수 있다. 좌우뇌를 통합시키는 브레인 명상은 글을 더 잘 쓸 수 있게 한다. 이어 긍정 확언을 낭독한다. "나는 베스트셀러 작가다. 나는 글쓰기로 치유하고 성장한다. 나는 글을 잘 쓴다. 나는 매일, 매주, 매월 새롭게 태어난다."는 것과 같은 말을 매주 선정해 일주일간 외친다. 처음엔 어색해하던 참가자들도 점차 자기 암시를 잘하게 되고 자기 확신을 키워나가고 있다.

본격적으로 글을 쓰기 전 키보드로 필사를 먼저 하면 좋다. 닮고 싶은 작가의 문체를 익히고, 글쓰기 리듬감을 익힐 수 있기 때문이다. 새글캠 회원들은 어떤 책을 필사해야 하는지 종종 묻곤 하는데, 좋아하는 작가의 책이나 글이 가장 좋다. 작가이자 세계적인 명성의 글쓰기 강사인 나탈리 골드버그는 『뼛속까지 내려가서 써라』에서 이렇게 말했다.

"작가는 다른 작가들과 수시로 사랑에 빠진다. 한 작가에게 다가가, 그가 쓴 모든 작품을 통해 그가 어떻게 움직이고 휴식을 취하는지, 어떻게 세상을 바라보는지 완전히 이해할 수 있게 될 때까지 읽고 또 읽는다. 다른 사람이 쓴 글을 사랑하게 되는 능력이 당신 안에 있는 능력을 흔들어 깨운다는 뜻이다."

닮고 싶은 작가가 있다면 그의 책을 전부 필사해 보길 바란다. 글쓰기 초보자라면 매일 한 페이지라도 필사하는 게 좋다. 모든 창조는 모방에서 시작하기 마련이다. 자신이 그 작가가 된 것처럼 잘 쓴 글을 따라 쓰고, 그것이 쌓인다면 닮은 듯 다른 나만의 문체와 글이 탄생하게 될 것이다.

새글캠에서는 필사하고 나면 매일 정해진 주제로 글을 쓴다. 물론 본인이 원하는 주제가 있으면 그걸 쓰는 게 더 좋다. 주제는 뭘 써야 할지 모르는 사람을 위해 제공할 뿐이다. 그렇게 필력을 키워서 이제는 함께 이 책을 쓰고 있다. 처음 시작할 때는 생각지도 못했던 성과다.

책임감이 강하고 리더의 기질이 있는 나에게는 모임의 운영자 역할이 적합하다. 새글캠 전에는 두뇌 활용 습관 만들기 프로젝트를 운영했는데, 지난 3년간 명절이나 휴가 때를 제외하고 매일 새벽에 일어나 글을 쓸 수 있었던 비결이자 원동력이 되어 주었다. 열정과 추진력, 책임감은 강하지만 끈기가 부족해 오래 하지 못했던 내가 꾸준히 할 수밖에 없는 이유이기도 하다. 프로젝트를 운영하지 않았다면 새벽 글쓰기를 3년이나 할 수 없었을 것이다.

멀리 가려면 함께 가라

아프리카 속담에 "빨리 가려면 혼자 가고, 멀리 가려면 함께 가라."는 말이 있다. 너무 뻔해서 감흥도 없던 말이 이제는 신념으로 자리했다. 나는 첫 번째 책을 쓰고 온라인 프로그램을 진행하고 나서부터 더는 혼자서 빨리 달리지 않기로 했다. 더디더라도 사람들과 합을 맞추며 걸어가려고 한다. 산 정상만 보고 달리는 사람은 짙푸른 나무, 꽃의 향기, 머리칼을 날리는 시원한 바람 등을 지나친다. 다른 사람을 따돌리고 홀로 정상에 서 있다면 기쁨도 잠시, 허탈감이나 공허함이 밀려올 것이다.

나와 결이 맞는 사람들과 함께 간다면 정상에 늦게 오르거나, 행여 고지에 못 오르더라도 내 곁에는 좋은 사람들, 그 길에서 만난 소중한 것들이 남을 것이고, 그게 바로 행복이 아닐까? 남을 이기는 건 잠깐의 기쁨과 만족감은 줄지언정 오래가지 못한다. 나 홀로 성공 말고 사람들과 함께 성장을 추구하는 이유다. 함께 갈 때는 타인이 아닌 자신과 경쟁해야 한다. 미래의 자신과 경쟁해야 다른 사람은 이겨야 할 경쟁자가 아닌 함께 갈 동반자가 된다. 즐겁게 앞으로 나아갈 수 있고, 그 힘으로 오랫동안 멀리 갈 수 있다. 이것이 바로 다른 사람들과 함께 사는 우리가 행복해질 수 있는 비결이 아닐까?

제1장
체크리스트

1. 지금의 생활에서 만들어 낼 수 있는 시간을 적어 보세요. (예: 가족들 기상 전 1시간, 점심 식사 이후 30분, 출퇴근 1시간)
   그 시간에 하고 싶은 일이 있나요?

2. 현재 취침, 기상 시간과 목표로 하는 취침, 기상 시간은 언제인가요? 목표를 이루기 위해 해야 할 일을 적어 보세요.

3. 일과에서 하지 않아도 되는 일을 써 보세요.

4. 일상에서 쉽게 시작할 수 있는 운동을 정해 보세요. (예: 걷기, 계단 오르기)
   어떻게 하면 그 운동을 꾸준히 할 수 있을까요? (예: 시간 정해 알람 맞추기, 자리 잡힌 습관 전후에 넣기)

5. 새로 계획한 일을 혼자서 실천하기 어렵다면 누구와 함께할 수 있을지 떠올리고 제안해 보세요.

제 2 장

매일 충만하고
행복하게 살기,
마음 부자로 사는 법

강은영

1

남이 아닌
나와 비교하고 경쟁하자

"내 인생의 방해자는 언제나 나 자신이었다."

-김종원 『나를 지키며 사는 법』

남과 비교하기

온라인 줌 강의와 오픈 채팅방.

코로나 사태로 대면 강의가 사라지자 많은 강사, 교육자들이 눈을 돌린 곳이다. 궁즉통(窮卽通), 즉 궁하면 통한다더니, 하늘이 무너졌지만 솟아날 구멍은 있었다. 2020년 9월, 오픈 채팅방이 한창 인기를 끌 때 우연히 한 작가가 운영하는 채팅방에 들어갔다. 파도 타기처럼 다른 곳에도 들어가게 되었는데, 많은 이들이 그곳에서 자신의 콘텐츠를 뿌리고 무료 온라인 강의를 제공하고 있었다. 말 그대로 신세계였다.

일주일 정도는 신나게 무료 강의를 들으러 다녔다. 집에서 편안하게 원하는 강의를 무료로 들을 수 있다니! 하지만 기쁨도 잠시, 첫 번째 책이 출간된 직후라 점점 자괴감이 들기 시작했다. 나는 여전히 무명 작가였고, 강의를 한다고 해도 홍보가 되지 않을 터. 대부분의 강의는 성공 사례를 내세우며 노하우를 알려주었는데, 강사나 작가로서 잘나가는 사람, 성공한 사람을 목격하는 일은 괴롭기 그지없었다. 괴로움의 무게만큼 자신감은 가라앉았고 자존감까지 점점 바닥으로 내려갔다.

다른 사람과 비교하고 경쟁하면 결코 행복할 수 없다. 타인의 성공은 곧 나의 패배를 의미하므로 불행할 수밖에 없다. 우리는 수시로 자신을 다른 사람과 비교함으로써 자존감을 떨어트리고 행복과 멀어지곤 한다. 온라인 교육 시장에서 나보다 잘난 사람, 성공한 사람을 볼 때면 부러운 동시에 의욕이 사라지고 자책과 자괴감에 빠져들었다. 그걸 알아차린 순간, 무분별한 강의 순회를 그만 다니기로 했다. 오픈 채팅방도 3개 정도만 남겨 두고 다 정리했다.

자존감 vs 자존심, 성장 vs 성공

"저 사람은 잘하는데 나는 왜 이럴까?"

"나는 저렇게 될 수 없을 거야."

사회적 동물인 우리가 살면서 다른 사람과 비교를 안 하기란 어렵다. 작은 물건 하나를 살 때도 비교하는 걸 보면 비교는 인간의 본능인가 보다. 비교가 항상 나쁘다고만 할 수도 없다. 잘하는 사람과 비교해서 자기 잘못을 알고 개선한다면 비교도 필요하다. 하지만 자존감을 깎아 먹고 스스로 괴롭힐 정도로 습관적으로 남과 비교한다면 문제가 있다.

자존심을 내세우는 사람은 타인과 비교해서 자신의 좋은 점, 성과만 인정하려고 한다. 성공을 추구하고 실패를 용납하지 못한다. 반면 자존감이 있는 사람은 있는 그대로 자신을 받아들인다. 잘하건 못하건, 성공하건 실패하건 중요하지 않다. 이들은 남이 아닌 자기 자신과 비교한다. 어제의 나와 비교하며 오늘 한 걸음 더 나아간 자신을 격려하고 응원한다. 성공이 아닌 성장에 초점을 두고 있다.

고등학교 시절, 시험을 치르고 나면 게시판에 전교 1등부터 10등까지 이름이 적혔고, 나는 맨 위에 자리 잡기 위해 안간힘을 썼다. 누가 시킨 것도 아닌데 마치 인생의 목표가 1등 옆에 자리한 내 이름을 보기 위한 것처럼 공부했다. 1등 하는 날은 천국이다. 종일 아이들의 부러운 시선과 선생님들의 칭찬으로 우쭐댈 수 있고, 하교하자마자 엄마에게 달려가 소식을 전하면 엄마의 행복한 얼굴을 볼 수 있었다. 하지만 1등을 놓치는 날은 지옥이다. 선생님이나 친구들이 욕할 리도 없는데 나 혼자 수치스러워서 견디기 힘들었다.

다음 시험에서도 경쟁자를 이겨야 했으므로 국그릇에 커피를 마셔가며 치열하게 공부했다. 매번 사약을 마시는 심정으로. 꽃다운 십 대에 듬성듬성 흰머리가 났고 두통을 달고 살았다. 그때의 나에게 누구라도 남이 아닌 자신과 경쟁하라고 말해줬더라면. 이후로도 오랫동안 나는 타인과 비교하고 이기려는 습성을 버리지 못했다. 사람들은 정상에 있는 사람, 성공한 사람을 부러워하지만, 그 사람들은 정작 그 자리를 지키기 위해 엄청난 고통을 견디고 있는지도 모른다. 남을 이기며 자존심을 지키는 사람, 성공만을 좇는 사람은 있는 그대로의 자신을 인정하며 성장하는 사람보다 행복과 먼 거리에 있음이 분명하다.

자존감 쑥, 나와 비교하고 경쟁하기

다른 사람과 비교하고 경쟁하지 않으려면 자신과 비교, 경쟁하는 것이 좋다. 예를 들어 독서 모임을 하는데 A는 한 달에 2~3권의 책을 읽는다고 해보자. 그런데 나는 겨우 1권을 읽는 상황이다. 이때 A와 비교를 하면 내가 한참 부족하고 불성실한 사람이 된다. 하지만 예전에 자신이 어땠는지 떠올리고, 과거에 책을 일 년에 1권도 못 읽었는데 이제 한 달에 1권이나 읽는다는 것을 알아차린다면 자괴감에서 벗어날 수 있다.

즉, 남이 아니라 자신의 과거와 비교해야 자존감이 올라간다. 그리고 남이 아닌 미래의 나와 경쟁해 보자. 꾸준히 독서 하는 습관을 들여서 한 달 뒤에는 월 2권의 책을 읽고, 3개월 후에는 3권의 책을 읽는다는 목표를 세운다. 그 목표를 이룬 미래의 내 모습을 떠올리며 미래의 나와 경쟁하는 것이다. 경쟁자를 떠올리기만 해도 미소가 피어나니, 어찌 행복하지 않을 수 있을까?

찰리 맥케시의 『소년과 두더지와 여우와 말』에는 이런 구절이 나온다.

"살면서 얻은 가장 멋진 깨달음은 뭐니?"

두더지가 물었어요.

"지금의 나로 충분하다는 것."

소년이 대답했습니다.

현재 내 모습을 있는 그대로 받아들이고 사랑하는 것, 자존감이야말로 행복한 삶을 사는 원동력이다. 자신을 사랑하며 하루를 사는 사람과 그렇지 않은 사람은 눈빛과 표정부터 다르다. 현재의 나를 사랑하기 때문에 매 순간 충실하고, 보다 나은 미래를 위한 노력을 즐겁게 할 수 있다. 물론 지금도 충분하지만, 지금의 나보다 앞서 나가는 일 또한 가치 있는 일이지 않은가.

행복은 어디에서 올까?

"행복은 일상의 성실함에서 온다." 김난도 교수의 『트렌드 코리아 2022』 중에서 가장 와 닿는 한 줄이자 최근 내 삶의 모토가 된 말이다. 삶을 변화시키고자 노력해 본 사람이라면 공감할 것이다. 내가 3년 동안 새벽 기상과 글쓰기를 꿋꿋이 해온 이유도 무엇보다 삶의 질이 완전히 달라졌기 때문이다. 그동안 남과 비교하며 성과와 성공을 좇았던 삶은 스트레스만 컸지, 행복과는 거리가 멀었다. 성공이 아닌 성장하는 삶을 추구하는 지금은 하루하루가 행복하다. '오늘도 해냈구나!' 하는 안도감과 성취감이 꾸준함의 동력이 되어 준다. 남이 아닌 내 과거와 비교하는 삶은 쓸모없는 자존심을 버리는 대신 자존감도 키워주고 있다.

데일 카네기는 『행복론』에서 말한다. "미래와 과거의 문을 모두 닫아 버리세요. 앞뒤의 문을 꽉 닫고 '오늘'을 위해서만 충실히 생활하는 습관을 지니도록 하세요." 과거를 후회하거나 오지 않은 미래를 걱정하기보다 지금, 현재에 충실하자는 의미이다. 그러기 위해서는 하루하루 일상을 충실하게 살아내야 한다.

답은 멀리 있지 않으며, 크고 거창한 것에 있지 않다. 빠르고 복잡하게 변하는 시대, 외부 환경이 불안정할수록 타인이 아닌 나 자신에게 집중할 필요가 있다. 누군가 나보다 빠르고 쉽게 달린다면 이전에 노력한 결과물일 것이다. 원하는 것을 이루고 인생의 변화를 꿈꾼다면 다른 사람한테 눈 돌릴 시간에 나 자신한테 집중하고 '나의 오늘'을 어떻게 살 것인가 고민해 보자.

셀프 칭찬과 긍정 확언으로
에너지 충전하기

"나는 매일 두 가지 말을 반복한다.
오늘은 나에게 큰 행운이 생길 것 같다.
나는 무엇이든 할 수 있다."

-빌 게이츠

셀프 칭찬과 긍정 확언을 시작하다

2021년 1월 5일 셀프 칭찬

은영아! 더 자고 싶었지만, 4시에 벌떡 일어나다니 진짜 대단해! 너의 노력과 간절함이면 뭐든 할 수 있어. 난 널 믿어!!

2021년 10월 1일 셀프 칭찬, 긍정 확언

10월의 첫날을 잘 시작한 거 칭찬해. 오늘은 남편과 산에 가는 날, 새벽에 할 일을 마쳤기에 가능한 이 여유가 좋다. 나의 10월은 멋진 날들의 연속이다. 나는 오늘의 주인공, 내 삶의 주인공이다.

남 말고 자신을 칭찬하는 사람은 얼마나 될까? 그것도 매일 아침. 나는 2년이 넘도록 아침마다 나를 칭찬하고 있다. 이를 셀프 칭찬이라고 이름 붙이고, 운영 중인 네이버 카페와 오픈 채팅방에 남긴다. 여기에 긍정 확언을 덧붙여 1년 넘게 기록하고 있다. 처음엔 회원들의 사기 진작을 도모하려고 시작했다. 새벽 기상을 비롯해 여러 가지 힘든 루틴을 하면서 대부분은 스스로 채찍질하고 남과 비교하곤 했다. 그렇게 해서는 오래, 즐겁게 하지 못할 걸 알기에 자신을 칭찬하고 자기 암시를 하게 한 것이다. 그런데 매일 꾸준히 하는 사람은 없어서 결국 가장 큰 수혜자는 내가 되었다.

셀프 칭찬의 힘

나는 자칭 타칭 완벽주의자였다. 완벽주의자들은 스스로 부족하다고 여겨 끊임없이 노력하기 때문에 목표를 과도하게 높게 잡을 우려가 있다. 여기에는 긍정적인 측면과 부정적인 측면이 동시에 존재하는데, 달성 시에는 좋은 결과는 물론이고 성취감과 자존감이 향상된다. 하지만 과도한 목표와 높은 기준에 도달하려고 노력하는 과정에서 심리적으로 불안, 우울, 스트레스 상태를 보이고 스스로 비난하거나 부정적으로 평가한다. 또 타인과 비교하고 고통스러워하며 경쟁에 집착하기도 한다.

완벽주의자들은 실패를 두려워하고 실패를 인정하기 싫어한다. 그래서 자신이 세운 계획에서 벗어나면 죄책감과 불안을 크게 느끼는데, 이때가 중요하다. 계획에서 어긋나거나 성과가 안 좋을 때는 '괜찮아. 그럴 수 있어. 다시 힘내보자. 나는 할 수 있어!' 하며 스스로 격려해 보자. 완벽주의자들은 자신을 칭찬하기보다 질책과 자책을 하지만, 스스로 하는 격려와 칭찬은 이들이 가진 불안과 스트레스를 줄일 수 있는 가장 좋은 방법이다.

그동안 나를 질책만 했었기에 처음엔 셀프 칭찬이 무척 어색했지만, 이제는 밥 먹듯이 자연스럽다. "오늘도 새벽에 일어나 책 읽고 글 쓴 나를 칭찬해! 읽으며 깊어지고 쓰며 가벼워지는 환상의 이중주로 시작한 하루가 소중하고 행복하다." 이런 식으로 매일 나를 칭찬하고, 컨디션이 안 좋아 계획한 일을 못 했을 때는 "괜찮아. 오늘은 쉬어도 돼. 나에게는 내일이 있잖아."라며 격려한다. 학창 시절부터 한 몸처럼 여겼던 완벽주의를 완전히 내려놓지 못했지만, 셀프 칭찬 덕분에 꼭 필요할 때만 완벽주의를 소환할 수 있게 되었다.

긍정 확언이 왜 필요할까?

우리가 무언가 시도할 때는 '잘할 수 있을까, 실패하면 어떡하지?'라는 걱정과 두려움이 생기기 마련이다. 그 이유는 뇌 속에 있는 편도체(Amygdala)가 흥분하기 때문이다. 편도체는 생존 본능과 밀접한 연관이 있어서 변화를 시도할 때 공포, 불안, 두려움 등의 부정적인 감정이 활성화되는데, 그냥 내버려 두면 중도에 포기하거나 아예 시작조차 못 하게 된다. 따라서 편도체의 흥분을 억제해야 새로운 변화를 시도하고 꾸준히 해나가는 힘을 얻을 수 있다.

편도체의 흥분을 억제하는 아주 쉬운 방법이 있다. 바로 긍정적인 언어 정보를 뇌에 지속해서 주는 것이다. 만약 글쓰기가 두렵고 다른 사람의 반응이 걱정이라면 이런 긍정 확언을 하면 된다. "나는 글쓰기가 즐겁다. 나는 글을 잘 쓴다. 나는 마음을 움직이는 글을 쓴다. 나는 할 수 있다." 처음의 어색하고 껄끄러운 느낌을 극복하고 꾸준히 긍정 확언을 한 회원들은 점점 글쓰기에 대한 부담감을 내려놓게 되었다고 말한다.

긍정 확언을 하면 처음에는 '아닌데, 즐겁지 않고 힘든데, 안될 것 같은데'라는 생각이 들 수 있다. 하지만 그럴수록 큰 소리로 말하고, 주변 사람들한테도 말하고 다녀야 한다. 우리의 뇌는 자신이 한 말이라도 남이 하는 것으로 받아들인다. 다른 사람한테 칭찬이나 격려를 들으면 힘이 나고 기분이 좋아지는 것처럼, 자신이 직접 뇌가 듣기 좋아하는 말을 하면 된다.

이루고 싶은 것을 종이에 적어도 좋다. 의식이 무의식이 될 때까지 반복하는 것이다. 『웰씽킹』의 저자 켈리 최는 원하는 바를 매일 100번씩 100일 동안 쓰면 무의식에 입력되어 잠재력이 생겨 이룰 수 있다고 말한다. 실제로 '될 때까지' 그렇게 해본 사람들은 성과를 내고 있다.

오래가는 배터리

셀프 칭찬은 스스로 칭찬하며 격려해 주는 말이고, 긍정 확언은 바라는 바가 이미 이루어진 것으로 단정 짓는 말이다. 매일 이 두 가지를 쓰다 보면 '비슷한 내용인데 굳이 계속할 필요가 있나?'라는 생각이 들 것이다. 하지만 같은 말이라도 꾸준히 한다면 배터리가 충전되듯, 매일 에너지가 충전되고 자기 확신이 점차 커진다. 뇌에는 부정성 편향이 있어서 매일 매 순간 부정적인 생각과 감정들이 생기므로 스스로 힘을 주는 말들로 끊임없이 에너지를 충전해 줄 필요가 있다.

무언가 포기하고 싶거나 불안, 걱정이 생길 때마다 '나는 할 수 있다. 괜찮아. 다 잘될 거야! 된다, 잘된다. 나에겐 좋은 일이 자꾸 생긴다.' 등의 말을 끊임없이 되풀이한다. 그렇게 하지 않으면 온갖 부정적인 정서에 금세 잠식당하기 때문이다. 자기 암시법은 오래전부터 많은 자기 계발서를 통해 알려진 누구나 할 수 있는 방법이지만, 잘되지 않는 이유는 실천하지 않았거나, 편도체의 두려움을 덮을 만큼 뇌에 강력하게, 끊임없이 입력하지 않았기 때문이다.

우리는 누구나 생각보다 훨씬 긍정적이고 능력 있는 사람들이다. 행복하지 않고 부정적인 감정에 쉬이 휘둘린다면 셀프 칭찬과 긍정 확언부터 당장 시작해 보는 건 어떨까? 여러분의 꾸준함을 지탱해 줄 오래가는 배터리 역할을 할 것이다. 삶의 변화는 거창한 것이 아니라 아주 작은 점에서부터 출발한다.

3

감사일기를 쓰면
감사할 일이 생긴다

"잠자기 전에 오늘 하루 당신에게 일어난
모든 좋은 일들에 감사하는 것을 잊지 마라."

-커스티 갤러쳐

1년 넘게 쓴 감사일기

2021년 8월 23일 감사한 일 세 가지

1. 가족 모두가 무사히 하루를 보내서 감사합니다.

2. 오늘 해야 할 중요한 일들과 복근 운동 세 번을 해내서 감사합니다.

3. 좋아하는 빗소리를 들으며 포근하게 잠들 수 있어 감사합니다.

운영하는 네이버 카페에 기록된 첫 감사일기다. 몇 년 전 감사일기 쓰기가 한창 유행일 때 한 달도 쓰지 못했는데, 이번엔 일 년 넘게 매일 쓰고 있다. 하루에 세 가지를 쓰니까 천 개가 넘는 감사함을 찾은 것이다. 매일 저녁 자기 전에 쓰는데 시간은 5분도 채 안 걸린다. 그 하찮은 5분이 모여 불평, 불만이 많은 투덜이를 여유롭고 풍요로운 마음 부자로 만드는 데 일조했다.

"감사할 일이 없는데 어떻게 쓰나요?"

감사일기를 한 번도 써 보지 않은 사람의 변명이다. 처음엔 나도 그랬다. 하지만 감사함은 만드는 게 아니라 이미 존재하는 것, 가지고 있는 것에서 찾기만 하면 된다. 하루에 세 가지를 채우지 못해 고민할 때도 있지만, 너무 많아서 어떤 걸 쓸지 고르고 있을 때가 더 많다. 감사는 퍼낼수록 솟아나는 우물처럼 하면 할수록 끝없이 샘솟는다.

감사일기 작성법

팀 페리스의 『타이탄의 도구들』에서는 감사일기를 적을 때, 4가지 범주로 생각하기를 추천한다. 그렇지 않으면 반복적인 것만 쓰기 때문이다. 뭘 써야 할지 감이 오지 않는다면 다음 리스트를 참고해 보자. 스스로 질문을 던지며 떠오르는 세 가지를 고르면 된다.

1. 내게 정말 많은 도움을 주었거나 매우 높이 평가하는 오랜 지인들.
2. 오늘 내게 주어진 기회: 부모님께 전화 걸 기회, 원하는 회사에 면접 보러 가는 기회 등 특별할 필요는 없다.

3. 어제 있었던 근사한 일: 아침에 쓸 경우이고 밤에 쓰면 그날 경험했거나 목격, 발견한 것.
4. 가까이에 있거나 눈에 보이는 단순한 것들: 구름, 찻잔, 펜, 음악 소리 등 문득 새롭게 느껴지는 것들.

나는 셀프 칭찬과 더불어 감사일기를 쓰고 나서 완벽주의에서 멀어질 수 있었다. 뭘 하든 스스로 맘에 들 때까지 몰아붙이며 스트레스를 받았고, 성과와 경쟁 위주로 살았는데, 감사일기는 빽빽한 내 삶에 윤활유가 되어 주었다. 남들에겐 자애로웠지만 스스로는 호되게 채찍질하며 속으로 병들어갔던 것 같다. 처음 감사일기를 쓸 때는 어색하고 불편한데다 쓸 내용이 없어 오래 고민하기도 했지만, 한두 달이 지나고 6개월이 지나자 편안하고 자연스러워졌다. 당연하게 생각했던 것들에 감사하는 습관이 생기자 불평, 불만, 불안보다 감사와 행복이 점점 커져 겉모습뿐만 아니라 내면까지 밝은 에너지로 꽉 차오르는 게 느껴졌다.

우리는 왜 감사해야 하는가?

제러미 애덤 스미스는 『감사의 재발견』에서 뇌과학에 기반한 감사법을 제시한다. 의식적으로 감사를 실천하는 사람이 더 성공적으로 목표를 달성한다는 것이다. 참가자들에게 10주간 달성하고 싶은 6가지 개인적인 목표, 즉 학업, 영성, 사회성, 건강, 이에 관련

된 목표 등을 설정하게 한 다음, 두 집단으로 나누어 한 집단은 주 1회 감사 거리를 5개씩 쓰게 했다. 그 결과 이들은 감사 과제를 받지 않은 참가자보다 목표 달성을 위해 더 많이 노력했다. 목표 달성률은 20%나 높았고, 실험 종료 후에도 목표를 향해 지속해서 노력했다. 조사 내내 감사일기 기록자들은 한결같이 더 높은 수준의 활력과 생기, 각성 상태를 보였다.

2020년, 항공사 기장이던 남편이 실직하자 결혼 후 처음으로 생계에 위협을 느꼈다. 3년이 되도록 회사에 복귀를 못 하고 있지만 나는 매일 이렇게 감사해한다. "남편이 건강하고 성실해서 감사합니다. 남편 덕분에 내가 좋아하는 일을 마음껏 할 수 있어 감사합니다. 월급의 노예에서 벗어나 부자가 되려는 목표를 갖게 되어 정말 감사합니다." 3년 동안 지속 중인 우리 가정 최대의 위기를 감사일기로 극복 중이라 해도 과언이 아니다.

우리가 감사를 느낄 때 불안이나 긴장, 불행감 등 부정적 정서가 줄어들지는 않는다고 한다. 감사 실천은 부정적 정서를 감소시키기보다 긍정적 정서를 증가시킨다. 부정적 생각과 정서를 경험할 때 감사하면 큰 그림이 눈에 들어오면서 지금 부딪친 난관이 덜 무겁게 느껴진다. 긍정 심리학 저널에 실린 필립 와킨스 교수팀의 조사 결과에서도 긍정적 측면에 맞추어 어떤 감사를 느끼는지 성찰하는 글쓰기를 한 집단이 시련에 직면했을 때 더 큰 회복 탄력성을 보였다. 부정적 정서를 줄이려고 노력하기보다 있는 그대로 인정하고 감사일기를 통해 긍정적 정서를 키워나가는 게 더 현명한 방법이다. 구정물을 그대로 두고 맑은 물을 계속 들이붓다 보면 구정물이 흘러나가 어느덧 물이 깨끗해져 있을 것이다.

내 삶에 축복의 밑줄 긋기

얼마 전, 뉴스에서 하교하다 아파트 안에서 개한테 목과 팔다리를 물어뜯긴 8살 아이의 영상을 보았다. 걸어서 하교하는 둘째가 집까지 무사히 오는 것에 진심으로 감사한 마음이 들었다. 지체 장애가 있는 둘째는 오래 걷기가 어려워 6학년인 올해 처음으로 혼자 걸어서 등하교를 시작했다. 유치원 시절부터 6년 넘게 매일 차로 등하교시켰는데 무척 감사한 일이다. 나아가 29주 만에 1.5kg이 겨우 넘는 미숙아로 태어나 내 곁에 살아 숨 쉬고 있는 것만으로도 감사하다. 함께 태어난 쌍둥이 동생은 하늘나라로 갔는데, 이 녀석은 우리 가족과 함께 있다. 아이의 장애로 인해 힘든 점이 많지만, 존재만으로 감사함을 느끼지 않을 수가 없다.

지금 내가 누리고 있는 평범한 일상에 행복과 감사가 이미 존재하고 있음을 이제는 알고 있다. 우리는 잃고 나서야 그 소중함을 깨닫고 후회하곤 한다. 내가 가진 것, 나를 둘러싼 것 중에서 당연한 건 하나도 없다. 무사히 숨을 쉬고, 밥을 먹고, 잠을 자는 것도 감사한 일이다. 건강을 잃고, 사랑하는 사람을 잃고, 평범하다고 생각했던 일상을 잃으면 행복을 거창하고 특별한 것에서, 아주 멀리서 찾고 있었음을 깨닫게 된다. 부재는 감사를 키워줄 최고의 비결이다.

감사일기를 쓰고 감사하는 마음이 커지면 커질수록 불필요한 욕심과 집착도 내려놓게 된다. 한 손에 움켜쥔 욕심을 하나씩 버리고 다른 한 손에 감사를 줍는 것이다. 감사는 줍는다는 표현을 써도 될 정도로 여기저기 널려있다. 주워서 손에 넣으면 사라지지 않고 점점 숙성되어 나만의 강력한 에너지가 된다. 특별한 무언가를 하지 않아도 마음이 풍요롭고 감사함이 넘쳐난다. 나는 감사를 통해 많은 걸 가지고도 불행했던 과거와도 작별했다. 『감사의 재발견』에 의하면 "감사는 깨끗한 도로나 건강, 충분한 양식 등 잘 보이지 않는 축복의 밑줄을 긋는 형광펜이다." 나는 매일, 아마도 평생 내 삶에 축복의 밑줄을 긋는 감사를 주워 담을 것 같다.

4

명상으로 매일 새로 고침

"매일 밤 나는 잠자리에 들고, 죽음을 맞이한다.
그리고 매일 아침 나는 새롭게 다시 태어난다."

−조셉 코스맨

타이탄들의 성공 습관

성공학이나 자기계발서를 보면 성공한 사람, 부자들의 공통점이
있다. 바로 명상하는 습관이다. 라이프스타일 전문가이자 작가인
팀 페리스는 『타이탄의 도구들』에서 미국에서 자수성가한 200여
명의 사람(타이탄)들이 공통으로 하루를 시작하는 습관 5가지를 소
개했다. 그중 하나가 바로 명상이다.

팀 페리스는 타이탄들 중 80% 이상이 매일 아침 '마음 챙김' 수
련을 한다고 했다. 세계적인 수준에 오른 타이탄들의 가장 일관된
패턴이 명상인데, 현재를 직시하고 사소한 일에 예민하게 반응하

지 않으며 침착한 태도로 의사 결정을 내릴 수 있기 때문이다. 그들은 "명상이 인간의 모든 능력을 키워주는 '원천기술'이다. 삶의 지휘관이 되는 건 중요한 일이지만, 결코 쉽지 않으며 심호흡 하나가 인생을 바꿔 놓는다."라고 했다.

타이탄들은 명상하면서 '그때 이렇게 말했어야 했는데…' 등과 같이 생각이 되풀이되는 걸 경계하라고 말한다. 명상할 때는 스트레스는 덜 받고 결과는 좋아야 한다. 이들의 표현에 의하면, 명상은 '정신을 위한 따뜻한 목욕'이다. 명상을 제대로 체험해 본 사람이라면 무릎을 칠만한 표현이다. 빠르고 복잡한 세상에서 느리고 단순하게 명상을 하는 사람들이 성공한다니, 참 재미있는 아이러니다.

뇌 안에 답이 있다, 브레인 명상

나는 매일 새벽 4시 즈음 일어나면 10분 정도 브레인 명상을 한다. 흐트러진 정신을 다잡아 나를 바르고 곧게 세우는 귀한 시간이다. 내 안의 가능성과 무한한 힘을 스스로 발견하고 키워가는 시간이기도 하다. 15년 전, 처음 브레인 명상을 접했을 때의 강한 전율이 아직도 생생하다. 브레인 명상은 다름 아닌 생각과 감정 너머에 있는 진짜 '나'를 발견하고 만나는 최고의 방법이었다.

명상을 통해 숨기고 부정하기 급급했던 부정적인 생각과 감정들을 차분히 바라보고 인정함으로써 감정을 조절할 수 있게 되고 껍데기에 감춰진 진짜 나를 발견할 수 있었다. 내가 누구이고, 진정으로 원하는 것이 무엇이며 어떻게 살아야 하는지, 그동안 무엇으로도 얻을 수 없었던 답을 얻었다. 그 답은 내 안에, 더 정확히는 뇌 안에 있었다.

새벽 기상을 시작한 이후 3년이 안 되는 짧은 시간에 세 권의 책을 쓰고, 열두 권의 전자책을 쓸 수 있었던 비결 중에 하나도 바로 브레인 명상이다. 수년간 새벽에 일어나기도 어렵거니와 매일 글을 쓰기란 더욱 어렵고 필력이 쉽게 늘지도 않는다. 하지만 브레인 명상은 불가능을 가능으로, 포기를 끈기로 바꿔 주었다. 부족하고 초라한 나를 다독이며 앞으로 나아갈 수 있게 해준 원동력이다. 장애아를 키우던 주부인 내게 허황된 꿈에 불과했던 작가와 신문사 칼럼니스트의 꿈을 더욱 쉽고 빠르게 이루어 주었다. 아직 못다 이룬 꿈을 위해 매일 새벽 나를 새로 고침해 주는 브레인 명상을 한다.

명상과 브레인 명상

명상의 사전적 정의는 고요히 눈을 감고 생각함, 또는 그런 생각을 말한다. 그렇다면 브레인 명상은 일반적인 명상과 무엇이 다를까? 브레인 명상이란, 생각과 감정의 정보를 비워내고 활기찬 생명 에너지를 충전해 높은 의식에 이르도록 하는 명상이다. 뇌의 구조를 알면 브레인 명상의 정의를 이해하기가 쉽다. 복잡한 뇌를 단순하게 수직으로 구분하면 3층 구조로 이루어져 있다. 가장 바깥에 생각뇌(대뇌피질), 그 아래에 감정뇌(대뇌변연계), 가장 안쪽에 생명뇌(뇌간)가 있다. 우리는 평소에 생각뇌와 감정뇌로 의식적인 활동을 하는데, 생명뇌는 무의식의 영역이다.

브레인 명상을 꾸준히 하면 생각뇌, 감정뇌 아래에 억눌려 있던 생명뇌가 활성화된다. 대부분은 외부로부터 들어오는 수많은 정보와 내부에서 생겨나는 생각, 감정에 의해 좌우된다. 그런데 뇌에는 부정성 편향이 있어서 우리가 하는 생각과 감정의 95% 이상이 부정적이다. 즉, 무언가를 할 때 의심과 두려움, 불안, 걱정이 드는 게 당연하다는 얘기다. 이를 인지하고 '나에게 이런 생각, 감정이 드는구나.'라고 인정하는 것이 생각과 감정을 비워내는 첫 번째 단계이다.

어떤 생각, 감정이든지 부인하거나 이겨내려고 하는 대신, 바라보고 인정하면 그로부터 빠져나오기가 훨씬 쉽다. 회원 중에 글쓰기가 망설여지고 두려운 사람이 있었다. 이유를 물었더니 자신의 속마음을 드러내는 게 싫고 불편해서라고 했다. 글을 많이 써 보지 않은 사람에게 그런 마음이 드는 건 당연하고, 나를 있는 그대로 드러내는 것 또한 어려운 일이라고 했더니, 글쓰기 실력이 일취월장(日就月將)하고 있다. 자신의 두려움을 바라보고 인정하고 나니, 그동안 선뜻 시도하지 못했던 글을 쓰기 시작하고 비로소 글쓰기에 대한 두려움에서 벗어날 수 있게 된 것이다.

3초 호흡법

호흡은 브레인 명상에서 가장 기초적이고 중요한 핵심 요소이다. 평소 우리는 숨이 들어오고 나가는 것을 인지하지 않는데, 의식적으로 호흡하기만 해도 명상이 된다. 호흡은 '지금, 현재'에 집중하는 좋은 방법이다. 심리학의 3대 거장 중 한 명인 아들러는 인생이 과거와 현재, 미래로 이어지는 선이 아니라 점 같은 찰나가 이어질 뿐이라고 설파한다. 그는 "지금 내게 주어진 인생의 과제에 '춤추듯 즐겁게' 몰두해야 '내 인생'을 살 수 있다."라고 했다. 호흡을 통해 과거와 미래가 아닌 지금, 현재에 머무르며 '나'를 만날 수 있다.

호흡 명상에는 여러 종류가 있는데, 생활 속에서 누구나 간단하게 할 수 있는 호흡 명상법인 3초 호흡법을 소개한다. 편안하게 앉거나 서서 허리를 곧게 편 뒤 어깨의 긴장을 풀어준다. 눈을 떠도 상관없지만, 집중이 잘 안되면 처음에는 눈을 감고 하는 것이 좋다. 숨이 들어가고 나가는 데에 집중하면서 3초간 천천히 코로 숨을 들이마신다. 하나~둘~셋! 잠시 숨을 멈추었다가 입으로 3초간 내쉰다. 하나~둘~셋! 하고 속으로 숫자를 세면서 하는 게 좋다. 긴 호흡이 어려우면 1초씩 호흡을 끊어서 들이마시고 내쉬어도 된다. 그러다가 익숙해지면 길게 이어서 해보자.

3초 호흡은 언제 어디서나 할 수 있다는 장점이 있다. 긴장되거나 스트레스 상태일 때, 화가 날 때, 불안하거나 우울할 때 아무 생각 없이 오로지 나가고 들어오는 호흡에만 의식을 집중해 보자. 호흡을 통해 자기 몸에 집중하면 에너지의 변화가 생기고 내·외부로부터 오는 부정적인 정보에 휩쓸리지 않을 수 있다.

브레인 명상의 효과

명상을 하면 몸과 마음의 긴장이 이완되면서 혈압이 내려가고 심장박동이 느려져 심장병 발병률을 낮춘다. 그리고 행복감을 느끼게 하는 세로토닌 분비가 증가해 우울보다는 행복감을 느낄 수 있다. 또한 신체 조절 작용이 개선되어 두통 등 만성 통증을 감소시키고 자연치유력과 면역력을 높여준다. 무엇보다 지금, 현재를 느끼고 머무르는 훈련을 하면 과거의 후회나 미래의 불안함으로부터 멀어져 순간순간의 만족감과 행복을 맛볼 수 있다.

브레인 명상을 하면 자신의 뇌에 어떤 정보가 있는지, 매 순간 어떤 생각과 감정이 드는지 쉽게 알아차릴 수 있다. 알아차리면 의심이나 불안, 두려움 때문에 하지 못했던 행동을 하는 힘이 점차 커진다. 무언가 새로운 도전을 할 때 생각뇌에서 '진짜 될까?'라는 의심이 들고, 감정뇌에서는 '나는 실패할 거야.'라는 두려움이 드는데, 이때 브레인 명상을 하면 점차 '나는 할 수 있어. 나도 해낼 거야.'로 바뀐다. 그리고 실행하게 된다. 바로 '생각뇌-감정뇌-생명뇌' 3개의 뇌가 통합된 상태, 즉 생각하고 느낀 대로 실천할 수 있는 상태이다.

또한 브레인 명상은 세포를 노화시키는 활성산소 발생을 억제하고, 텔로미어(Telomere, 노화와 생체나이를 결정하는 유전자)의 길이를 늘여 노화를 지연시킨다. 게다가 삶에 대한 태도가 긍정적으로 바뀌고 바람직한 가치관과 인생관을 가질 수 있다. 100세 플러스 시대에 건강하게 장수를 누리기 위해서 꼭 필요한 것들이다.

꾸준함이 답이다

"명상이 좋은 건 알겠는데 혼자서는 잘 안 돼요."

2020년부터 온라인 프로그램을 운영하면서 브레인 명상 강의를 꾸준히 했는데, 온라인으로 체험한 수강자들은 대부분 이런 말을 한다. 비대면으로 하다 보니 한계는 있다. 제대로 깊게 체험해 봐야 혼자서도 연습이 잘될 텐데, 그러지 못해 아쉽기도 하다. 하지만 단 한 번의 짧은 온라인 명상으로 깊은 체험을 한 사람들도 있었다. 명상할 때는 얼마나 길게 하느냐 보다 단 5분이라도 집중해서 매일 꾸준히 하는 것이 중요하다. 일주일만 매일 5분~10분씩 해보면 분명 변화가 올 것이다. 일주일 해보고 좋으면 또 일주일, 다시 일주일 하는 식으로 계속 연장해 가면 된다.

나는 15년 전에 처음으로 브레인 명상을 접했다. 그때부터 지금까지 기적과도 같은 일을 많이 겪었다. 가장 최근에는 2020년에 첫 번째 책을 쓰고 작가가 된 일, 곧바로 두 번째 책이 출간되고 세 번째 책도 써낸 일이 있다. 또 2021년에는 생각지도 못한 방법으로 칼럼니스트가 되었다. 간절히 바라던 것, 꿈꾸던 것이 이루어진 일 등 꾸준히 브레인 명상을 하면서 얻어낸 것이 참 많다. 만약 매일 새벽에 브레인 명상을 하지 않았다면 나의 한계라는 장벽에 부딪혀 아직 첫 번째 책도 쓰지 못했을 거라 장담한다.

이제 여러분도 건강과 행복, 그리고 꿈을 찾고 이루어 줄 브레인 명상을 해보기를 바란다. 부디 매일 아침 5분만 시간을 내서 꾸준히 해보자. 최소한 감정과 스트레스가 조절되어 하루를 전보다 충만하게 보낼 수 있을 것이다. 성공한 사람들, 잘되는 사람을 부러워할 게 아니라 할 수 있는 노력을 기울여 보자. 성공 습관은 누구나 가질 수 있으며, 평범한 습관 하나가 하루, 나아가 인생을 바꾸기도 한다. 명상으로 매일 아침 새로 태어난다면 누구나 충만하고 행복하게 하루를 사는 마음 부자가 될 수 있다.

5

본립도생, 기본이 바로 서야
나아갈 길이 보인다

"뿌리가 깊이 박힌 나무는 베어도 움이 다시 돋는다."

-법구경

기본 마음가짐

내가 운영하는 프로그램 참가자들은 비용이 왜 이리 저렴하냐고 성화다. 한 달에 몇만 원 내고 성실히 따라만 하면 인생이 바뀌는데, 받는 것에 비해 내는 것이 적으니 송구스럽다고 한다. 다른 곳에서 광고에 속아 비싼 비용을 지불하고 돈만 버린 경우가 많다고 말이다. 특히 일대일로 책 쓰기 코칭을 받아본 회원들은 3분의 1~4분의 1밖에 되지 않는 비용으로 세심하고 밀착된 관리를 받을 수 있다며 놀라곤 한다.

물론 나 역시 돈도 많이 벌고 빨리 성공하고 싶은 마음이 있다.

왜 이다지도 미련하게 하는 걸까? 싶을 때도 많다. 좀 더 쉽고 빠르게 할 수 있는 방법을 모르는 바 아니나 꼼수 부리지 않는다. 나는 평소 계산적이고 이기적이기까지 하지만, 다른 사람을 교육하고 코치하는 일만큼은 묻지도, 따지지도 않고 모든 걸 내어주고 싶은 마음이다. 아낌없이 주는 나무가 되고 싶달까? 이는 멘토가 갖추어야 할 기본적인 자세이자 자질이라고 생각하기 때문이다.

본립도생, 뿌리 깊은 나무는 가뭄 안 탄다

본립도생(本立道生), 논어 학이 편에 나오는 것으로, 사물의 근본이 서면 도는 저절로 생겨난다, 즉, 기본이 바로 서야 나아갈 길이 생긴다는 말이다. 어떤 일을 하든지 크게 성공하기 위해서는 기본에 충실해야 함을 강조할 때 쓰인다. 기본이 바로 서지 않으면 외부의 충격으로부터 이리저리 흔들리고 스스로 곪아 무너지기도 쉽다. 강의와 책, 글로 타인을 변화하고 성장시킨다는 사명감을 지닌 나는 잠시 흔들릴지언정 절대 뽑히지 않는 근본, 단단한 뿌리를 만들고 싶다.

'뿌리 깊은 나무 가뭄 안 탄다.'라는 속담이 있다. 땅속 깊이 튼튼하게 뿌리를 내린 나무는 가뭄에도 말라 죽는 일이 없다는 뜻으로, 근본이 깊고 튼튼하면 어떤 시련도 이겨낼 수 있다는 말이다. 새로운 땅에 자리 잡고 뿌리를 내리는 일은 만만치 않다. 2020년 9월, 첫 책이 발간된 후 낯설고 새로운 온라인 교육 시장에서 맨땅에 헤딩하는 심정으로 발을 내디뎠다. 나보다 앞선 사람들, 잘난 사람들을 보면서 자괴감에 빠졌다. 나는 책까지 쓴 사람인데 이렇게 초라해도 되는 걸까? 뼈를 깎는 고통으로 책을 썼는데 변한 건 아무것도 없었다.

지금에 와서 보니 책을 쓴 일은 터닝 포인트가 되어 주었다. 모든 걸 스스로 해내야 했지만, 맨땅에 그냥 헤딩하는 게 아니라 헬멧이 생긴 것이다. 책을 쓴 저자라는 보호막은 온라인 교육시장에서 빠른 속도로 자리 잡는 데 도움이 되었다. 책을 쓴 전문가로서 인정받으니 사람들이 내게로 오기 시작했고, 수익을 내기도 수월했다. 책이 그 어떤 것보다 훌륭한 명함이 되어준 것이다. 2020년 말, '똑녀똑남 프로젝트'라는 두뇌 활용 습관 만들기 프로그램을 시작으로 전자책 쓰기, 책 쓰기, 글쓰기, 다이어트 프로그램 등으로 수익을 내며 1인 기업으로서 뿌리를 공고히 내릴 수 있었다.

나의 근본, 뿌리 만들기

나는 매일 새벽에 3시간씩 글을 쓰며 필력을 키우고 있다. 근육 기르는 일보다 더디고 어렵지만, 작가로서 가장 기본적이고 중요한 일이라 생각하기 때문에 매일 글을 쓴다. 그렇게 쓴 글들은 칼럼이 되어 신문, 잡지 등에 실리고, 콘텐츠 채널에 실리고 책이 되기도 한다. 이 글 역시 어젯밤 오랜만에 술을 마시고 평소보다 한 시간 반이나 늦게 잤는데도 다섯 시에 눈이 떠지는 바람에 쓰는 중이다. 머리가 무겁고 속도 안 좋아 집중이 안 되지만 그냥 쓴다. 잘 안 풀리고 마음에도 안 드는데, 지금껏 그래왔듯 정신이 맑은 날 다시 고치면 된다. 자갈밭이건, 진흙 길이건 개의치 않고 꾸준히 걸어가다 보면 잘 닦인 포장도로가 나오기 마련이다.

『누구나 글을 잘 쓸 수 있다』의 저자 로버타 진 브라이언트는 말한다. "작가는 오늘 아침에 글을 쓴 사람이다." 나는 매일 글을 쓰니까 진정한 작가로구나! 스스로 떳떳하니 어디서나 당당히 직업이 작가라고 말하고 다닌다. 간혹 책 한 권 썼다고 작가행세를 하고 다니는 사람들이 있다. 작가는 매일 글을 쓰고 글과 함께 성장하는 사람이다. 부모의 사랑으로 아이가 잘 자라듯이 내가 낳은 글도 시간과 정성을 들인 만큼 성장한다.

매일 글을 쓰려면 독서가 뒷받침되어야 한다. 요즘은 종이책, 전자책, 오디오북까지 다양한 채널을 통해 타인의 지식, 경험을 접할 수 있다. 나는 하루에 한 페이지라도 꼭 읽은 후 잠들고, 주말에는 독서 시간을 늘린다. 적절한 인풋이 있어야 생각이 영글고 글의 표현력과 내용이 풍성해지기 때문이다. 읽고 쓰기는 투피스 옷처럼 한 세트라고 할 수 있다. 따로 입어도 되지만, 함께 입었을 때 가장 멋스럽고 시너지 효과가 난다. 쓰기만 하고 읽지 않으면 글 샘이 마른다. 아무리 퍼내도 마르지 않는 우물처럼 끊임없이 써내려면 양질의 독서가 필수다.

나는 운동과 식단으로 자기 관리도 철저히 한다. 야식은 먹지 않고 저녁은 샐러드 위주로, 아침과 점심은 건강식과 영양식을 직접 만들어 먹는다. 운동은 근력과 유산소를 하루에 2시간 정도 하고 산책을 한 시간 한다. 건강은 살아가는 데 기본이자 필수 요건이다. 제아무리 능력이 있고 아이디어가 좋아도 체력이 뒷받침되지 않으면 실행하기 어렵다. 예전에도 관리를 잘하긴 했지만, 지금은 지식과 경험을 전달하며 선한 영향력을 주는 일을 하기에 더욱 솔선수범하려고 노력한다. 자기 관리가 되지 않는 사람이 어찌 다른 사람의 멘토가 되고 코칭을 할 수 있을까?

나는 일류작가, 일류부자다

나는 일류두뇌연구소 대표이다. 연구소는 첫 책 『일류두뇌』의 제목에서 따온 이름이다. 필명은 일류작가이고, 최근 부동산 투자를 공부하며 지은 닉네임은 일류부자다. 일류라는 수식어가 부담스러운 건 사실이나 이미 최고의 자리에 있다는 마음가짐으로 임한다. 내가 가진 최고의 자산인 뇌를 잘 활용해서 인생을 풍요롭고 행복하게 살고자 한다. 아직 일류는 아닐지언정 성공 습관과 부자 습관대로 하루하루를 살고 있다. 겉모습만 번지르르하지 않고 뿌리 깊은 튼튼한 나무가 되고자 한다. 뽑히지 않을 뿌리는 이미 자리 잡았다.

나는 누가 뭐래도 내가 생각하는 정도를 걸어갈 것이다. 정직, 성실, 책임감을 최우선으로 여기고 양심에 어긋나는 일은 하지 않는다. 내게는 돈보다 사람이 더 귀하다. 하여 내 나무뿐만 아니라 다른 사람의 나무에서도 열매가 맺길 원한다. 빠르게 혼자 앞서가기보다 더디더라도 날 믿고 의지하는 이들의 멘토가 되어 그들을 이끌어 함께 성장하는 멋진 그림을 그린다. 본립도생, 기본이 바로 서면 나아갈 길이 보인다. 내 길이 보인다. 탄탄대로가 멀지 않았다.

6

글쓰기로 인생 역전

"글쓰기와 인생의 본질은 똑같다.
뭔가를 발견하는 항해라는 점에서 특히 그렇다."

-헨리 밀러

"작가님은 왜 글을 쓰세요?"

누군가 물었다. 짧은 물음이지만 간결하게 답할 수 없었다. 내가 글을 쓰는 이유는 처음과 같지 않고 갈수록 새로운 이유가 생겨나기 때문이다. 한마디로 대답해야 한다면 "재미있고 좋아서요."라고 재미없는 답을 할 것이다. 사랑에 빠진 사람한테 왜 사랑하느냐고 물으면 뭐라고 답할까? "그냥 좋아요!" 아무래도 난 글쓰기와 사랑에 빠진 듯하다.

매일 글을 쓰기 위해서는 글을 쓰는 이유와 목표를 갖는 것이 좋다. 꾸준히 글을 쓰고 눈에 띄는 성과를 내기란 끝없는 사막에서 오아시스를 찾기처럼 어렵고 힘든 일이다. 따라서 목표가 있는 글쓰기를 해야 갈증을 견디며 길고 삭막한 사막을 오래 걸어갈 수 있다. 특히 처음 시작할 땐 블로그 등 SNS 키우기, 책 쓰기처럼 명확한 목표가 있는 것이 좋다.

나는 글을 쓰기 시작하면서부터 인생이 송두리째 바뀌는 신기한 경험을 하고 있다. 성냥처럼 확 불타올랐다 꺼져버리곤 했던 열정에 끈기가 더해졌고, 무엇보다 나 자신을 믿는 자기 확신이 강해졌다. 새벽마다 글쓰기라는 성취감으로 하루를 행복하게 시작하고 그에 따른 여러 성과와 보상은 오래 간직해온 꿈으로 날 데려다주었다. 내가 매일 글을 쓰는 이유 다섯 가지를 보면 글쓰기가 어떻게 삶을 변화시키는지 짐작할 수 있을 것이다.

매일 글을 쓰는 다섯 가지 이유

첫 번째, 자기 치유다. 내가 가장 중요하게 여기는 글쓰기 목표다. 글을 써 본 사람이라면 누구나 공감할 것이다. 어떤 시점으로 돌아가 글을 쓰면서 울고 웃으며 쏟아내다 보면 어느덧 아픔과 고통도 치유가 된다. 10년 넘게 장애아를 키우며 인생에서 가장 힘든 시기를 보냈는데, 카카오 브런치에 책 한 권 분량의 글로 풀어내자 많은 것들이 정리되어 가벼워졌다. 좀 더 편안하게 고통과 슬픔을 이야기할 수 있게 되었고, 한층 단단해지고 강한 내가 보였다.

요즘 나를 가장 많이 흔드는 사람은 고1 큰아들이다. 어릴 적부터 키우기 쉽지 않은 녀석이었는데, 예전 같으면 분노와 짜증에 휩싸여 매일 아들과 전쟁을 치렀을 것이다. 그런데 큰 사건이 일어날 때마다 글로 풀어냈더니 사춘기 아들을 "네가 옳다." 하며 좀 더 이해하고 서로 다름을 차차 인정할 수 있었다. 무엇보다 "나는 나쁜 엄마야."라며 자책하기보다 글을 쓰며 스스로 다독이니 마음의 상처에 이보다 좋은 약이 없다.

두 번째, 정보나 노하우 제공이다. 어떤 글이든지 저자의 메시지가 담겨 있다. 자기 경험, 노하우, 검색이나 책을 통해 알게 된 지식을 독자에게 제공한다. 작가의 관점에서 보면 모든 사람은 자신만의 스토리를 가지고 있다. 같은 대본으로 연기자마다 다른 연기를 하듯이, 같은 듯 다른 삶을 사는 우리에게는 각자의 인생 이야기가 있다. 비슷한 주제의 글과 책이 끊임없이 쏟아지는 이유도 같은 이야기를 누가 하느냐에 따라 달라지기 때문이다. 그런 의미로 이 세상에 똑같은 글은 없다. 나 역시 나만의 목소리로 나의 이야기를 글로 쓴다.

세 번째, 글을 통해 선한 영향력을 베풀고 싶어서이다. 함께 사는 사회에서 누군가에게 도움을 주고 좋은 영향력을 미치면 자신의 가치도 올라간다. 우리는 말과 글을 통해 타인에게 직간접적인 영향을 줄 수 있는데, 한번 뱉어내면 그만인 말과 달리 글을 쓸 때는 고치고 또 고치며 심사숙고한다. 그렇게 다듬어진 글에는 깊이가 있으며 여운이 오래간다. 두고두고 볼 수 있어서 타인에게 미치는 영향력도 훨씬 클 수밖에 없다.

유명한 사람이나 작가를 직접 만나기는 어렵지만 그들의 글은 쉽게 접할 수 있다. 영향력 있는 지혜와 비법을 글이라는 도구를 통해 편하게 얻을 수 있다. 디지털 시대에는 유명하지 않은 사람의 글도 불특정 다수에게 영향을 줄 수 있다. 나는 글을 쓸 때 단 한 사람에게라도 선한 영향력을 미치길 바라며 간절한 마음으로 쓴다. 본디 착한 사람이 아닌데 글을 쓰다 보니 타인을 배려하고 남을 도우려는 심성이 절로 커진 것 같다. 언행일치, 진심으로 글을 쓰는 사람이라면 자신이 쓴 글과 행동이 일치하도록 노력하기 마련이다.

네 번째, 자신이 하는 일에 도움을 받기 위해서 쓴다. 사업에 도움이 되거나 회사 업무에 필요해서 쓰기도 한다. 이 경우는 필요에 의한 것이므로 글쓰기가 재미없을 수 있다. 하지만 외부적인 동기에 의한 글도 꾸준히 쓰면 필력이 좋아지고 여러모로 도움이 된다. 내 처음 글쓰기는 강사로 활동할 때 책으로 도움받기 위해 시작되었다. 스트레스와 어려움이 컸으나 명확한 목표가 있다 보니 5개월이라는 짧은 시간에 책 출간이라는 성과를 낼 수 있었다.

다섯 번째, 성장을 위함이다. 많은 이들이 작가 되기 등 꿈을 이루고 성장하기 위해서 글을 쓴다. 나 역시도 처음 글을 쓴 이유가 책을 써서 작가라는 꿈을 이루고 싶어서다. 그때만 해도 작가는 책을 발간한 사람이 얻는 자격처럼 느껴졌기 때문이다. 책을 한 권, 두 권 발간하고 열권이 넘는 전자책, SNS 글 등을 매일 쓰다 보니 결국 가장 많이 변하고 성장한 사람은 나였다. 지금은 이 다섯 번째 목표가 글을 쓰는 가장 큰 동력이 되고 있다.

나와 내 삶과 사랑에 빠지기

단지 책 한 권 쓰고 싶었을 뿐인데, 글을 쓰면서부터 내 삶은 온전히 바뀌었다. 이제는 쓰지 않는 삶을 상상할 수도 없다. 일상의 모든 것이 글감이 되고, 별거 아닌 것에도 의미와 가치가 부여되니 삶의 격조가 올라가는 느낌이다. 언제 이렇게 내 삶을 사랑한 적이 있었던가?! 머리에서 영근 생각들이 손가락을 통해 빠져나오는 마술 같은 일이 벌어질 때마다 희열을 느낀다. 살면서 이런 즐거움을 매일 맛볼 수 있다는 것은 축복이다.

자기 치유로 시작해서 성장까지, 깔수록 뽀얗고 단단한 양파처럼 글쓰기의 매력은 차고 넘친다. 다섯 가지 외에도 글 쓰는 사람에게는 다양한 목표가 있을 수 있다. 재차 강조하자면, 글을 쓸 때 가장 중요한 것은 바로 나 자신이다. 자신의 치유와 성장이 기본이 되지 않은 글쓰기는 오래가지 못한다. 글쓰기 여정은 꽃길보다는 가시밭길이기 때문이다. 자신을 먼저 돌보지 않으면 슬럼프에 자주 빠지고 헤어 나오기도 어렵다.

"자신의 기억과 경험의 문을 열고 들어가 자기 자신에 대한 이해를 얻는 것이 글쓰기다." 『작가의 탄생』에서 마이클 래비거는 강조한다. 결국 자신을 사랑하는 사람이 글쓰기와도 오래도록 사랑에 빠질 수 있다. 글을 쓰면 쓸수록 자신을 더 깊이 이해하고 사랑하며 타인도 애정 어린 눈으로 바라보게 된다. 내 존재가 참을 수 없을 만큼 가볍게 느껴질 때 나는 글을 쓴다. 글쓰기 사막에서 '참 나'라는 오아시스를 발견한다. 오래오래 나 자신과 글쓰기를 사랑하며 살고 싶다.

7

상상하고 쓰면 이루어진다

"실제의 세상은 상상의 세상보다 훨씬 작다."
-프리드리히 니체

꿈은 정말 이루어질까?

내게는 재능 있는 사람만이 글을 쓴다는 편견이 확고했다. 학창 시절 받은 수많은 상장 중에 글쓰기 관련 상장이 하나도 없는 데다가 글을 제대로 써 본 적도, 글쓰기를 배워 본 적도 없었기에 글을 쓰려는 생각조차 하지 않았다. 책을 좋아해서 작가가 되고 싶었지만, 누구에게도 말 못 한 채 오래 간직해 온 은밀한 꿈이었다. 책을 출간한 사람들을 볼 때면 부러움과 동시에 열등감이 최고조에 달하곤 했다.

SNS에 글 쓰는 것도 어려워했던 내가 글쓰기를 시작한 지 5개월 만에 책을 내고, 1년 만에 두 권의 종이책과 열 권이 넘는 전자책을 쓴 작가이자 신문, 잡지에 칼럼까지 쓰는 사람이 될 거라고 누가 상상이나 할 수 있었을까? 단지 책 한 권 내려고 했을 뿐인데, 이후로 도미노처럼 기적 같은 일들이 벌어졌다. 이제는 유료 칼럼을 쓰고, 글쓰기 강의와 책 쓰기 코칭까지 하고 있으니 글쓰기로 밥벌이도 하는 셈이다. 키우던 애벌레가 어느 날 자고 일어났더니 나비가 되어 날아다니는 것 같달까?

명상과 기록의 힘

2020년 4월, 책을 쓰기 위해 매일 새벽 4시 반에 일어났는데, 글을 쓰기 전 명상하면서 울기 바빴다. 목차가 나왔으니 글을 써야 하는데 글을 써 본 적도, 배워본 적도 없어서 눈앞이 캄캄했다. 지금껏 인생을 헛살아온 게 아닐까 싶은 정도로 쓸 만한 얘기도 찾을 수 없었다. 내 삶에 성공 사례는 없고 실패 사례로만 점철된 느낌. 아무리 두 눈을 부릅떠도 칠흑 같은 어둠에 뿌연 안개만 가득했다. 많은 자료를 찾아놓았고 간절함도 최고조에 달했는데 단 한 줄 쓰기가 힘에 부쳤다. 과연 완성할 수 있을까? 형편없는 글을 출판사에서 받아주기나 할까? 답답함과 두려움에 눈물만 주야장천 흘러내렸다.

눈물로 어느 정도 감정이 정화되고부터는 명상이 잘되기 시작했다. 안될 것 같은 생각이 들 때마다 책이 발간된 순간을 상상하는 것이다. 눈을 감는다. 자주 가는 대형 서점에 주차하고 나서 걸어 들어가 신간 매대 앞에 선다. 내 책을 펼쳐보고, 만져보고 사진도 찍는다. 남편, 아이들의 축하를 받으며 함께 기뻐하는 모습을 생생하게 떠올린다. 두려움과 설렘에 "쿵"하고 심장이 곤두박질치지만, 기분은 베스트셀러 작가가 된 듯 하늘을 날 것 같다.

"경축! 2020년 9월 29일, 첫 번째 책 출간"

매일 종이에 쓰고 소리 내 읽었다. 상상은 잘되고 있으니 여기에 기록의 힘을 빌리기로 한 것이다. 추석 때 가족들에게 보여주고 싶어서 그날로 정했다. 때는 6월, 한창 초고를 쓰고 있었는데 적으면서도 말이 안 되는 날짜여서 피식 웃음이 났다. 그렇게 빨리 원고를 쓰기도 어려울 텐데, 출간까지 된다고? 불가능해 보였지만 일단 원하는 날짜를 정한 다음 매일 간절함을 담아 쓰고 또 썼다.

음식을 할 때 짠맛을 없애려면 식초를 넣으면 된다. 짠맛이 사라지진 않지만, 식초의 신맛으로 인해 미각이 둔감해지기 때문이다. 포기하고 싶을 때마다 쓰고 소리치고 상상했다. 불안감과 두려움이 사라지진 않았지만, 정말로 될 것 같은 희망이 점점 커졌다. 그해 9월 11일, 무려 18일이나 먼저 책이 출간되었다. 글을 써 본 적도 없는 내가 5개월 만에 책을 쓰다니! 지금 생각해도 미라클, 그 자체다.

글쓰기로 이룬 꿈

글쓰기는 실패와 재시도를 반복하는 일련의 과정이다. 시작조차 어렵지만, 끝을 맺는 일은 더욱 만만치 않다. 글 한 편을 완성하기 위해 며칠을 붙들고 있던 적도 부지기수이다. 이 현상은 자이가르닉 효과로 설명할 수 있는데, 완성하지 못한 일을 마음속에서 쉽게 지우지 못하는 것으로 미완성 효과라고도 한다. 일단 글을 쓰기 시작하면 뇌는 끊임없이 생각하여 잊지 않으려 한다. 밥을 먹거나 길을 가다가도 아이디어가 떠오른다. 도저히 안 써지던 글도 다음날이면 언제 그랬냐는 듯 술술 풀린다. 지금껏 쓰겠다고 마음먹었던 글은 모두 완성한 것도 뇌가 알아서 했기 때문이리라.

글을 쓴다고 해서 책을 쓸 수 있거나 당장 밥이 나오지도 않는다. 현실에 치이고 시간에 쫓기며 육아와 살림까지 해야 하는 사람들에게 고상하게 앉아 글 쓰고 꿈꾸는 삶이란 사치일지도 모른다. 나 역시 작가의 꿈을 십 년 넘게 품고만 있었고, 기자나 칼럼니스트도 되고 싶었지만, 오랫동안 안 쓰는 삶을 선택했다. 마흔이 넘은 나이에 도저히 이룰 수 없는 꿈이자 환상일 뿐이었는데, 불과 몇 개월 만에 꿈이 이루어지고 또 다른 꿈으로 이어지게 되었다. 뇌 활용법을 가르치는 뇌교육자로서 나의 뇌를 믿고 일단 시작했고, 상상과 긍정 확언으로 자기 확신을 키운 것이 오늘날 나를 있게 해준 것 같다.

요즘 나에게는 새로운 꿈이 생겼다. 5년 뒤 백억 대 자산가가 되는 것이다. 그 정도라면 먹고 살기 위함이 아니라 내 가치를 실현하는 일을 할 수 있을 것 같다. 장애아와 부모를 위한 무료 교육 기관을 설립하고 치료비, 수술비가 없는 환아들과 꿈이 있는 소년 소녀 가장을 후원하려 한다. 예전의 나처럼 자신의 가치를 잃어버리고 희망조차 잃어버린 사람들이 변화와 성장하도록 돕기 위해서다.

십 년으로 설정했던 기간을 반으로 단축한 건데 이루어질 거라 믿어 의심치 않는다. 나는 지금껏 바라고 상상하고 꿈꾸는 일은 대부분 이루어냈다. 이루어낸 나를 상상하는 일이 오랜 습관이 되었고, 명상과 기록의 효과에 대한 확신이 있기 때문이다. 이제 불가능해 보였던 부자라는 꿈을 이룰 차례다. 내가 원하는 모든 것이 이루어졌다!

제 2 장
체크리스트

---

1. 자신에게 해주고 싶은 셀프 칭찬을 써보세요. 내게 힘을 주는 긍정확언도 써보세요.

2. 어제나 오늘 겪은 일 중에서 감사한 일 세 가지를 써보세요.

3. 3초 호흡법을 따라해 보고 느낀 점을 써보세요.

4. 떠올리기만 해도 행복한 미래의 모습을 구체적으로 상상해 보세요.

일상에서 길을 잃은 당신. 중심을 잡고 여유롭게 사는 법

전혜련

1

일상의 여유를 찾는다는 것

"인간에게 필요한 것은 잠시 속도를 줄이고
지금 무엇을 하고 있는지 생각해 보는 것이다."

-마이클 폴린

여유가 필요한 이유

당장 해야 할 일들, 미뤄둔 것들, 앞으로 계획된 것들로 꽉 채
워진 일상에 오늘도 크고 작은 스트레스와 함께 하루를 지낸다.
퇴근 후에는 회사 생각을 단 1도 하고 싶지 않다며, 하루라도 빨
리 원하는 삶을 살기 위해 조기 은퇴를 꿈꾸는 파이어족(Financial
Independence, Retire Early)이 대세인 것도 무리는 아니다. 나는 여유
를 찾기 위해 수많은 노력을 해왔고, 여전히 고민하며 시도하고 있
다. 예전보다 여유로운 삶을 살고 있는지 생각해 보면, 지금도 더
나은 방법을 찾는 중이다. 이 과정을 통해 얻은 결론은 지금까지

해온 방식으로는 내 일상을 바꿔놓기가 어렵다는 것이다. 원하는 삶을 살기 위해, 또 그것을 찾기 위해 다양한 시각으로 면밀하게 내 일상을 돌아 볼 수 있는 잠시 멈춤의 시간이 필요하다.

'여유'의 첫 번째 사전적 의미는 물질적, 공간적, 시간상으로 넉넉하여 남음이 있는 상태라 한다. 우리는 보통 넉넉하고 남음이 있는 상태를 허락하지 않는다. 여러 관계와 나에게 주어진 복잡한 역할 속에서 나를 찾기 위한 노력을 계속하고 있다. 시간을 쪼개어 끼워 넣고, 너무나 열심히 바쁘게 살고 있다. 그런데 우리에게 주어진 시간은 똑같이 24시간이다. 빨리빨리 더 많이 다 함께, 더 열심히 추구하던 새마을운동 시기도 아닌데, 여유를 원하면서도 남음의 상태를 허락하지 않는 현실이 아이러니하다.

여유의 두 번째 의미는 느긋하고 차분하게 생각하거나 행동하는 마음의 상태 또는 대범하고 너그럽게 일을 처리하는 마음의 상태다. 첫 번째가 물리적인 여유를 이야기했다면, 두 번째는 정신적인 여유라고 볼 수 있다. 물리적이든, 정신적이든 한쪽에서 물꼬를 튼다면 일상이 여유로워질 방법이 보일지도 모른다.

구체적인 방법이 필요해

여유가 없다는 말은 무언가 할 시간이 부족하다는 의미와 상통한다. 많은 것을 하느라 바쁘지만 우리에겐 하는 것보다 하고 싶은 것이 더 많다. 내가 원하는 것을 하는 삶을 생각만 해도 즐겁고 흥이 난다. 해야만 하는 일들로 가득 찬 일상은 뿌듯함이 있을지 몰라도 쉽게 지칠 수 있다.

100의 에너지를 가진 사람이 지금까지 10가지 과업에 10씩 에너지를 나누어 사용했다고 해 보자. 대신 중요하고 꼭 필요한 일 한 가지에 50의 에너지를 쏟는다면 만족감은 5배 이상이 되고, 남은 에너지 또한 중요도에 따라 효율적으로 분배된다. 그동안 내 에너지는 기준도 없이 막연하게 분산되어 있었다. 이제는 만족감과 효율성에서 기인하는 여유라는 발전기를 통해 새로운 동력으로 내 삶에 적용하고 있다.

지금까지와 다른 눈으로 일상을 본다는 것은 매우 생소한 일이다. 의미도 명확히 와 닿지 않는다. 어디서부터 어떻게 해야 할지도 막막하다. 인지심리학자 김경일 중앙대 교수는 새로운 시선으로 일상을 보기 위해서 '익숙하지 않은 새로운 길을 걷는 것'을 추천한다. 익숙한 동네에도 가보지 않은 길이 있다. 우리는 항상 아는 길, 지름길로 다니는 것에 익숙해서 가보지 않은 길을 생각해볼 일이 드물다. 자신이 아는 방법에서 벗어나 다른 생각과 각도로 일상을 들여다보는 것이 첫 번째 스텝이다. 다른 시선, 다른 문제 해결 방식, 그리고 현명한 판단이 우리에겐 필요하다.

자신의 일상에 매우 만족하며 사는 사람이 몇이나 될까? 내게 주어진 대로, 누가 시키는 대로 해야만 한다는 고정관념 속에 살다 보니 어느 날 문득 온전히 나로 살아보고 싶다는 생각이 들었다. 남이 하는 조언은 내게 딱 들어맞는 솔루션이 아니다. 현 위치와 상황이 다르니 타인의 방법은 좋아 보여도 실제로 적용하기 어려운 면이 있다. 생판 남인 사람이 해주는 조언은 쉽게 받아들이기 힘든 것이 당연하다.

나만의 해답 찾기

답은 내 안에 있다. 내 안에 실타래처럼 얽혀있는 해답을 살살 풀어내어 일목요연하게 정리해 보자. 나는 어떤 사람인지, 필요한 것은 무엇인지, 내게 중요한 것이 무엇인지 하나씩 풀어 내다 보면 일상을 아름답게 다듬어 나갈 수 있는 새로운 길이 보일 것이다.

내 일상을 내가 아름답게 디자인하는 삶을 상상해 본다. 가장 중요한 가치를 찾고 거기에 시간과 에너지의 상당 부분을 할애해 보자. 글쓰기가 큰 만족을 준다면 가장 중요한 위치에 배치하고 절대시간을 확보해 놓는다. 휴식이 중요한 사람이라면 내가 가장 잘 쉴 수 있는 시간을 휴식으로 세팅하고, 나머지 시간에 중요도에 따라 효율적으로 과업을 배치한다. 이 방법이 가능하기 위해서는 나에게 꼭 맞는 해답을 찾는 데 큰 노력을 기울이는 것이 선행되어야 한다.

해야만 한다고 스스로 책임을 지우고, 해내기 위해 동에 번쩍 서에 번쩍 홍길동처럼 분주했다. 잠자리에 들며 하루를 회상하면 '잘살았다'가 아닌 '잘살고 있나?' 하는 의문으로 답답함을 호소하곤 했다. 내 역할과 과업을 최소한으로 수행하면서도 하고 나면 뿌듯

하고 기분 좋아지는 일을 찾아보았다. 독서는 내 안의 영양분을 채우는 느낌이었고, 가족들을 위한 균형 잡힌 식사 준비는 가정생활에서 행복감을 주는 중요한 요인 중 하나라는 것을 알게 되었다.

이 두 가지에 집중한 하루는 다른 여러 가지 역할을 해냈을 때보다 더 큰 만족감을 주었고, 조바심을 내지 않는 하루를 보낼 수 있었다. 그런 날은 아이들을 좀 더 다정하게 살필 수 있고, 감정조절이 거의 필요하지 않을 정도로 편안했다. 가슴속에 잘 살고 싶은 열망과 의지는 나의 현 상황을 정확히 파악하고 필요한 것에 집중하는 데서 싹을 틔울 수 있다.

나를 돌아보는 방법은 여러 가지가 있다. 독서나 글쓰기, 나에게 맞는 강연 듣기와 실제로 적용하는 연습 무엇이든 좋다. 그 과정에서 내가 좋아하는 것과 중요하게 여기는 가치를 단어나 문장으로 정의하는 연습을 통해 나를 더 잘 이해할 수 있다. 수많은 가치의 항아리를 모두 채우는 것은 불가능하다. 가장 중요한 가치 항아리를 먼저 채우자. 아무리 채워도 채워지지 않는다면 항아리를 살펴야 한다. 밑 빠진 독은 가득 차지 않는다. 잠시 멈추고 여기저기 살피며 나의 에너지는 어디서 새고 있는지 찾아본다. 틈을 메우고 나서야 비로소 수위가 오르기 시작하는 것이다. 중요한 가치와 의미를 가진 항아리를 채우는 데 에너지를 집중할 필요가 있다. 그 과정을 통해 내 삶이 풍요로워지고 여유도 생길 수 있다.

2

더하기보다 빼기가 먼저다

"단순하게 살아라. 현대인은 쓸데없는 절차와 일 때문에
얼마나 복잡한 삶을 살아가는가?"
-이드리스 샤흐

비움과 채움

"요즘 아파트가 평당 얼만데 이 공간에 잡동사니를 놓아두나
요?" 언젠가 공간정리를 도와주는 TV 프로그램에서 나온 말이다.
그 말을 듣는 순간 뒤통수를 맞은 것 같았다. 결혼하고 아이를 키
우며 내 집에는 점점 짐들이 늘어갔다. 게다가 최근 들어 이사를
앞두고 넘쳐나는 짐에 스트레스를 받는 중이었다.

유명 유튜버이자 정리 정돈가로 활동 중인 썬더 대표 이지영은
말한다. "공간을 채우기 이전에 비움이 훨씬 더 중요합니다." 국어
사전에서 비움이란 '일정한 공간에 사람, 사물 따위를 들어 있지

아니하게 하는 것'으로 정의한다. 비워야만 꼭 필요한 것들로 재배치하여 아름답고 편리하게 정리할 수 있다.

우리 일상에도 정리가 필요하다. 자기 관리가 철저한 사람들은 보통 매일 할 일을 정하고 중요도를 고려하여 순서를 결정한다. 하지만 정작 할 일은 점점 많아지고 언제나 바쁘다. 나 역시 자신을 돌아볼 새 없이 다람쥐 쳇바퀴 돌듯 살고 있다는 느낌이 드는 순간을 경험한 적이 있다. 혹자는 자기 능력에 한계를 두지 말라 하지만, 현 상태를 파악하지 못하고 자신을 돌보지 못한 채 나는 할 수 있다는 의지에 너무 집중한다면, 건강에 문제가 생기거나 자칫 번아웃이 올 수 있다.

서랍마다 가득 들어차 있는 잡동사니처럼 혹시 필요 없는 것들이 우리 일상에 구석구석 자리 잡은 건 아닐까? 귀중한 시간 속에 중요한 것들을 배치하기에 공간이 부족하다면 무언가 빼야 하는 것은 아닐까? 그렇다면 무엇을, 어떻게, 어디서부터 빼야 하는지 생각해 볼 필요가 있다.

여유 공간 먼저 만들기

나는 언제나 바쁘고 피곤하다는 생각에 사로잡혀 있었다. 어떻게든 바꿔보고 싶었지만, 세 아이를 챙기고 신경 쓰느라 바빴고, 내게 주어진 여러 역할이 버거웠다. 바꾸기 위해 소모해야 하는 에너지 또한 너무 부담스러웠다. 그런 나에게 집 안 정리는 피곤하고 무기력함을 깨워주는 방법의 하나였다. 하루에 할 수 있는 양만큼 하다 보면 1~2주면 집안 전체가 정리되곤 했다. 하지만 정리를 다 했음에도 막상 전체를 둘러보면 크게 바뀐 것이 없었다. 위치를 여기서 저기로, 탁자 위에서 서랍 안으로 옮겼을 뿐 총량은 거의 바뀐 것이 없었다.

이렇게 해서는 내가 원하는 공간이 나올 리 없다는 걸 깨닫고 하루에 다섯 개씩 무조건 버리기로 했다. 한동안은 매일 스무 개, 서른 개씩 비울 만큼 신이 났다. 하루 5개 비우기가 어려워질 때쯤 비로소 내 눈에도 비워진 공간들이 보이기 시작했다. 물론 정리 정돈가나 미니멀리즘을 실천하는 사람들에 비할 수는 없다. 하지만 예전의 집과 비교해 보면 뭔가 허전하다 싶은 정도로 휑해지고 정돈된 느낌을 받고 있다. 이제는 작은 소품을 진열해 두어도 눈에 들어올 만큼 여유로운 공간이 생겼고, 공간이 없어 창고에만 박혀 있던 가전 또한 배치할 수 있는 자리가 생겼다.

일상도 비우기

나의 하루는 이것저것 셀 수 없이 복잡한 일들로 가득했다. 철없는 세 아들의 스케줄부터 챙겨야 할 학교 소식들, 작은 소모임들, 참여해야 하는 여러 강좌, 남편의 일과도 챙겨야 했고 가사 일과 친정, 시댁 일도 빠지지 않았다. 정리가 필요했다. 그러려면 일상도 비움이 절실했다. 내가 꼭 하지 않아도 될 일들은 가족 구성원 각자 일과에 채울 수 있도록 했다. 처음에는 나 없이 가능할까? 했던 일들도 시간이 어느 정도 흘러 점점 안정화가 되어갔다. 아이들은 스스로 하는 힘을 키우고, 책임도 스스로 지며 도움도 청할 줄 아는 아이들로 변하고 있는 것을 느낄 수 있었다.

물론 내가 통제하기 어려운 일도 있다. 남편의 일 중 내 도움이 필요한 것들이나 친정 및 시가와 관련된 이벤트는 한 주 정도 미리 알려달라고 요청했다. 참여해야 할 강좌들은 당장 필요한 것이 아니면 대체할 수 있는 책으로 시간을 아꼈다. 그동안 당연한 듯 해오던 일과 밀려오는 주위의 부탁도 내게 정말 중요한 것을 하기 위해서 부탁한 사람들에게 양해를 구하기도 하고 가끔 도움을 받기도 했다. 이 과정에서 거절하는 것과 부탁하는 것 그리고 받아들이는 것에 대한 이해가 많은 도움이 되었다.

어느 날 오전 일과를 마치고 거실에 앉아 커피 한잔을 하며 묘한 느낌을 받았다. 뭔가 있었는데, 뭔가 있을 텐데. 예전 같으면 아뿔싸 또 잊었네. 큰일 났다! 하고 벌떡 일어났을 그 순간 찾아온 깨달음. 와 빈 시간이 생겼다! 나의 일상에 여유가 생기기 시작한 것을 눈치챈 순간이었다.

일상의 정리로 여유를 즐기다

그때부터였다. 나에게 중요하고 당장 해야 하는 일, 하지만 충족되지 않은 일이 뭘까? 고민하기 시작했다. 잘 챙기고 싶지만 지치고 힘들다는 이유로 배달 음식에 의존하고 외식을 일삼던 나는 가족 식사 준비를 비워진 시간에 넣었다. 아이들 등교와 동시에 한 시간 반, 오롯이 식료품 준비와 그날 저녁 식사 준비까지 마쳐놓으니 지난날 냉장고에 묵혀 빛을 못 보던 식료품이 언제부턴가 조리대에 올랐고, 장 보는 횟수도 현저하게 줄어들었다. 영양을 챙긴 다양한 메뉴와 가족들의 즐거운 식사 시간은 나의 하루를 더 풍성하게 해주었다.

내게 중요한 일이 충족되니 마음의 여유가 생기고 만족감이 매우 컸다. 공간도 비운 데다 치울 것도, 버릴 것도 줄고 시장도 적게 보니 시간은 더 여유로워지고 정리된 냉장고 공간처럼 내 머릿속도, 일상도 깔끔하게 정리되는 느낌을 받을 수 있었다.

여유로운 시간은 점점 늘어났다. 처음에는 책도 보고 블로그도 긁적여 보았다. 바쁘고 피곤하다는 핑계로 허우적대며 참여하지 못하던 새벽 글쓰기 캠프가 다시금 눈에 들어오기 시작했다. 한낮의 여유 시간은 그대로 누렸는데, 그 과정에서 마음의 여유를 얻자 이제는 새벽 시간에 기꺼이 일어나 글을 쓰고 싶어졌다. 나를 위한 시간을 만들고 나니 보너스 같은 시간에 글을 쓰는 것도 커다란 즐거움이 되었다.

일상이 작품이 될 때

타인의 잣대로 생각하고 판단하는 사람들이 있다. '이렇게 해도 괜찮을까?' '남들이 뭐라고 생각할까?' '이런 경우에 남들은 어떻게 할까?' 이제는 이렇게 해보자. '이건 나에게 중요해. 이 중요한 일을 하기 위해 지금 무엇을 할 수 있을까? 그것을 하기 위해 지금 필요한 것은 뭘까?' 이 과정에서 빼야 할 것은 과감하게 빼는 판단력과 실천하는 추진력을 발휘해 보자. 주위의 도움이 필요할 땐 망설이지 않았으면 한다. 누군가의 요청에 기여하고 싶은, 당신을 아끼는 사람도 생각보다 많다.

도자기를 빚기 전의 흙은 거칠고 질척한 덩어리에 불과하다. 특정한 모양 없이 균형이 맞지 않은 울퉁불퉁한 흙에 지나지 않는다. 물레에 올려 돌리는 과정에서 매끄럽게, 어떤 부분은 들어가게, 또 다른 부분은 구부러지게 다듬는 과정을 거쳐 빼고 더하고를 반복하며 아름다운 곡선을 드러내는 작품으로 탄생한다. 우리의 일상도 현명하게 빼고 중요한 것을 더하는 과정을 반복하며 다듬어 나갈 때 여유롭고 아름다운 작품으로 변할 수 있다.

비워진 시간에 나에게 가장 중요하고 가치 있는 일을 먼저 넣고 일상생활을 해 나가 보자. 스스로 가치 있는 일에 투자한 시간은 조금씩 생기를 불러온다. 또한 나에게 두 배, 세 배의 에너지를 주는 원천이 된다.

3

나에게 중요한 일을 먼저 해라

"원하는 것을 얻기 위한 첫 번째 단계는
내가 무엇을 원하는지 결정하는 것이다."

-벤 스타인

20의 에너지x4개 vs 100의 에너지x1개, 무엇이 더 힘들까?

"나는 몸이 하난데 해야 할 일들이 너무 많아."

우리는 다양한 역할을 가지고 살아간다. 부모, 배우자, 자식, 며느리, 사위, 사회인으로서 수많은 역할을 하는 위치에 있다. 완벽주의자가 아닌데 나열해 놓은 것만 봐도 숨이 막힐 지경이다. 모든 역할에서 좋은 성과를 내기는 무척 힘들다. 다양한 역할 중 내가 할 수 있는 일과 나에게 중요한 일을 추려야 할 때다.

이것저것 벌려놓고 흐지부지되는 경우를 주위에서 흔히 볼 수 있다. 하고 싶은 건 많은데 금방 질려하거나, 항상 새로운 걸 찾는 사람들일수록 계속 진행이 어렵고 마무리가 안 되는 경우가 다반사다. 하는 것이 많아 몸은 바쁜데 성과가 마음에 차지 않으면 그것만큼 허무한 것도 없다. 오히려 에너지가 떨어진다. 안테나를 동서남북 뻗은 것처럼 에너지를 쓰는 사람을 보면, 흡사 멀티 플레이어처럼 보이지만 괄목할 만한 성과는 찾아보기 힘든 경우가 많다. 게다가 삶의 여유는 더욱 찾아보기 힘들다.

예전의 나는 매일 해야 할 일을 리스트 업하고 하나씩 지워가며 뿌듯해했다. 열심히 살고 있다는 느낌이 들었기 때문이다. 그런데 의아했던 건 매일매일 부지런히 사는 것 같은 데도 중요하게 여기는 것들에 대한 충족은 미미했다. 예를 들어 누군가에게 도움이 되고 싶은 욕구나 스스로 발전한다는 느낌을 받지 못했다. 매일 바쁘게 살지만 쏟아지는 일들이 버겁고, 언제나 '빨리빨리'를 입에 달고 살았다.

어느 날 정신 차리고 보니 힘에 부치고 내 삶이 허무해지는 느낌이었다. 게다가 아이들의 소중한 순간을 놓치고 있다는 걸 발견할 때면 좌절하기도 했다. 다른 방법이 필요했다. 내가 찾은 답은 해야 할 일에 우선순위를 정해 놓고 실행하는 것이다. 그래야 에너지를 집중할 수 있다. 게리 켈러는 『The One Thing』에서 이렇게 말한다. "복잡한 세상을 이기는 단순함의 힘은 바로 이 순간 꼭 해야만 하는 단 하나."

타인의 잣대가 아닌 나의 기준에 맞추자

나는 무엇이든 끝이 있는 과업을 할 때 빠르게 진행해야 해낼 가능성이 커진다. 꼭 해야 하는 일이라면 무엇보다도 우선순위에 배치하고 그 일을 중심으로 일과를 짠다. 지금 공저 쓰기는 나에게 그런 일이다. 하지만 내가 글을 쓸 때 남편은 "또?" 하며 글은 도대체 왜 쓰는 거냐며 의아하게 본다. 누군가에겐 매우 중요한 일도 나에게는 중요하거나 급하지 않은 일일 수 있다. 반면 남들에게 하찮은 일이 나에게는 매우 중요한 일일 수 있다.

아이젠하워 매트릭스를 통해 알아보자. 미국의 34대 대통령 드와이트 D. 아이젠하워가 고안해 낸 아이디어로 긴급성과 중요도에 따라 업무를 체계적으로 정리하여 자신만의 우선순위를 정하는 방법이다. 나의 예시로 표를 채워 넣어 보았다.

중요하고 급한 일	공저 글쓰기 약속된 과업과 인증 일주일 치 반찬 준비하기	중요하지만 급하지 않은 일	취미 발레 주 3회 독서 모임 책 읽고 정리 헬스클럽 재등록
중요하지 않지만 급한 일	전시회 관람 일정 집 안 청소	중요하지 않고 급하지 않은 일	반려견 미용하기 분리수거 커튼 빨래

그날 할 일들을 이 매트릭스 속에 나눠놓고 보면, 지금 당장 해야 할 일이 무엇인지 알 수 있다. 나는 매일 잠자리에 들기 전 한 주에 해야 할 일들을 매트릭스 안에 적은 후 수정한다. 중요하고

급한 일과 중요하지만 급하지 않은 일을 위주로 일과를 짜고, 중요하지 않지만 급한 일은 상황이 어려울 때 부탁하기도 하며, 중요하지도 급하지도 않은 일은 과감히 빼거나 다음으로 미룬다.

이렇게 일상을 계획하고 우선순위를 정할 때 유용하게 사용하고 있다. 할 일 목록에 우선순위를 정해 놓고 실행하면 에너지를 집중할 수 있다. 중심 과제를 정한 후 해결해 나가면 나머지 일들은 좀 더 가벼운 마음으로 실행할 수 있게 되고, 점점 여유 있고 넓은 시야로 일 처리를 할 수 있게 된다.

선천성 조로증에 시달리는 샘 번즈는 TED 강연에서 행복한 삶을 위한 철학을 풀어 놓는다. 할 수 없는 일이 100가지나 된다고 좌절하지 말고 그런 가운데 할 수 있는 일 한 가지를 찾아보기를 권유한다. 샘 번즈는 그것이 바로 인생을 행복하게 사는 비결이라고 말한다. 한 번에 여러 가지 일들이 쏟아지는 현대 사회에서 좀 더 여유 있게 생활하고 싶다면 지금 집중해야 할 단 한 가지가 무엇인지 생각해 보자.

'해결해야 할' 매우 중요한 일

우리는 해결해야 하는 중요한 문제를 놓고 생각을 거듭하며 뒤로 미뤄두는 경우가 많다. 물론 중요한 문제일수록 더 신중하게 결정해야 한다. 하지만 좋은 방법을 모색하는 건 일 처리를 미뤄두는 것과는 또 다른 문제임을 자각해야 한다. 생각을 오래 한다고 해서 일이 쉽게 해결되는 것이 아니다. 고민과 걱정이 지속될 뿐이다. '걱정한다고 걱정이 사라지면 걱정이 없겠네.'라는 티베트 속담이 있다. 정작 중요한 일을 미뤄두고 걱정이 될 때까지 미뤄두지 말자. 미뤄야 할 것은 지금 중요하지 않고 급하지도 않은 일뿐이다. 경주마는 옆을 볼 수 없게 눈 옆을 가리고 확실한 목표를 향해 뛴다. 일상의 복잡한 것들을 일목요연하게 정리해 보자.

안 된다는 가정 하에 계획을 세우면 원치 않는 방향으로 흘러가도 쉽게 포기하거나 좌절하고 만다. 대신 어떤 방법으로 가능하게 할 수 있을까에 초점을 맞춰보자. 아직 나에게 맞는 방법을 찾지 못했거나 시도조차 해보지 않았을 뿐이다. 비울 것은 비우고, 넘길 것은 넘기고, 집중할 것에 몰두하는 용기가 필요하다.

나에게 중요하고 의미 있는 일이라면 100의 에너지가 쓰일 만큼 집중하고 노력해 보자. 하지 못한 일에 대해 아쉬움보다 훨씬 더 큰 에너지를 얻을 수 있다. 나에게 맞는 방법을 찾아 지속적인 용기로 시도해 보자. 수많은 역할과 과업으로 힘들었던 마음의 무게가 가벼워진다. 어느 순간 중요한 일을 중심으로 효율적인 일 처리를 하는 당신을 발견할 수 있을 것이다. 여유를 찾는 방법은 의외로 쉽다. 당신이 지금 변하기로 하고, 당신에게 중요한 것을 결정하고 지금 바로 움직이는 용기를 발휘하는 것이다.

4

시작이 어려운 당신이
첫발을 떼는 법

"시작하라! 그 자체가 천재성이고, 힘이며, 마력이다."
-괴테

불만과 불안 사이

얼마 전 지인과 식사를 하기 위해 어디로 갈까 고민하다 일식집
으로 가게 됐다. 호불호가 있다는 음식이었는데 먹을까 말까, 잠깐
고민했다. 불안했지만 시도해 보기로 했다. 다행히 내 입맛에 맞았
고 '새로운 시도도 해볼 만하구나.'라는 생각을 했다. 맞지 않는 음
식이었다면 그 순간은 후회하고 안 좋은 기억으로 남았겠지만, 경
험은 다음 선택의 순간에 도움이 된다.

선택의 문제는 언제나 우리를 불안하게 하고 불만이 생기게도
한다.

"그걸 누가 몰라?" "안 되는 걸 어쩌라는 거야?"

일상이 힘들고 버거울 땐 내가 왜 이렇게 힘들게 살고 있나 싶다. 다람쥐 쳇바퀴 돌듯 반복되는 일상이 내일도, 모레도, 내년에도 이어질 것 같아 한숨이 나고, 한없이 밀려오는 억울함에 눈물도 난다. 주위에서 하는 수많은 조언은 그럴싸하게 들리지만, 정작 내 귀에는 흘러 지나가는 말뿐이다. '나도 알아, 근데 할 수 있는 상황이 안 되는 걸 어쩌라는 거야?' 안 하고 있자니 불만이 쌓이고, 어떻게 해보려니 불안함이 밀려오곤 한다.

내가 할 수 있는 것을 하자

내가 책을 읽는 이유는 지식을 쌓기 위함도 있지만 현명해지고 싶어서다. 똑똑한 것도 좋지만 위기의 순간에 상황을 냉철하게 보고, 동서남북을 3D처럼 그려 현재를 판단할 수 있는 통찰력을 기르고, 어떤 현명한 생각을 떠올릴 수 있는가에 관심이 많다. 그런데 책을 읽어도, 정리를 해봐도, 강의를 들어도 풀리지 않는 답답함이 있었다.

독서 모임에 참여한 지 8개월째 접어들었다. 처음에는 할까 말까 망설였다. 꾸준히 참여할 수 있을지 의문이었고, 모임의 일원으로서 뭔가 해야 할 것 같은 부담감과 잘할 수 있을까 하는 불안함이 나를 주저하게 했다. 돌아가며 진행도 해야 하는데, 영 내 체질이 아니었다. 책 내용을 토론하는 능력도 자신이 없었다.

그렇지만 '에잇 뭐라도 해보자.' 하는 심정으로 내가 할 수 있는 것을 생각하게 됐다. 팀원들이 책을 잘 읽고 있는지 확인하고, 질문거리를 던지거나 삶에 적용하는 방법을 제안해 보며 조용한 단톡방에 '띠링!' 용기 내서 올려보았다. 그럴 때마다 각자 생각의 글, 멈추고 떠올리는 찰나의 기억을 써 내려간 다양한 메시지 속에서 내가 독서 모임에 참여하는 의미와 즐거움을 찾을 수 있었다.

또 질문을 올리고 독려하는 역할을 스스로 부여하고 수행하게 해주었다. 내가 올린 질문 하나가 다른 사람에게 생각할 거리를 던져주는 동시에 내 생각도 정리해 주고, 더 적극적으로 참여할 수 있는 에너지가 되었다. 이 과정에서 자연스럽게 질문에 스스로 답해보고, 다른 사람의 생각도 공유하면서 생각의 폭을 넓힐 기회를 얻을 수 있었다.

독서를 통해서 생각이 정리되고 현실에 적용하는 방법도 하나씩 얻어갈 수 있겠다는 희망이 보였다. 책을 읽는 답답함도 어디선가 불어오는 산들바람에 긴장이 풀리듯 느슨하게 풀리는 느낌이 든다. 저금통에 동전을 하나씩 넣듯, 할 수 있다는 용기도 '나'라는 저금통에 하나 더 적립된 느낌이다. 독서 모임에서는 책을 읽고 토론하는 과제가 있다. 처음엔 고민이 많았지만, 이 모임에 참여하기로 선택한 후에 알게 된 것이 있다. 해야 하는 일만 열심히 한다고 해서 일원이 되는 것은 아니다. 내가 의미를 부여하고 할 수 있는 것을 찾으면 어떤 곳에서든 도움이 될 수 있고, 그로 인해 나의 용기도 적립된다.

아주 작은 것부터 시작하기

알프레드 아들러는 "변하기를 선택해서 불안을 얻을 것인가, 머물기를 선택해서 불만을 얻을 것인가 하는 것은 용기의 문제"라고 말한다. 용기란 '씩씩하고 굳센 기운. 또는 사물을 겁내지 아니하는 기개'라는 뜻이다. 용기는 추상적인 개념 같지만 다양한 크기의 풍선 같은 것이다. 작은 풍선이 여러 개 들어있는 커다란 투명 파티 풍선을 본 적이 있는가? 작은 용기로 채워진 풍선이 모이면 어느새 커진 용기가 발휘되는 멋진 순간이 파티처럼 펼쳐질지 모른다.

무심코 한 일에 누군가가 '고마워'라고 한 적이 있는가? 의도하지 않았지만 뭔가 가치 있는 일을 했구나. 또 뭔가 하고 싶다! 라는 의욕이 샘솟는 경험을 쌓을 수 있다. 매일의 작은 목표를 이룬다거나 열 가지 중 두세 가지를 해냈을 때 작지만 어제와 달라진 나를 알아차리고 잘했다, 잘하고 있다고 셀프 칭찬해 보자. 마음속에 용기라는 벽돌로 아름다운 집을 짓고 있다는 생각을 해보면 어떨까? 매 순간의 선택은 더 이상 불안하지 않다.

안될 것만 같은 이유는 수십 가지도 넘는다. 그래서 나는 아주 작은 것에서부터 시작하기로 했다. 할 수 없는 이유가 너무나 많지만, 그런데도 할 수 있는 것이 분명히 있다. 이른 아침 커튼을 여는 시도 하나로 집안 구석까지 햇빛을 끌어오는 결과를 가져온다. 화분에 물을 주고 보살핌으로써 식물이 잘 자라 집안을 싱그럽게 한다. 이로써 보는 이의 눈을 즐겁게 할 수 있었던 것처럼 내가 할 수 있는 단 하나, 독려하는 메시지가 사람들에게 도움이 되는 자극이 되었고, 나에게 하나의 용기 풍선을 더해 주었다.

큰 목표와 틀이 있고, 세부 목표가 있고, 실행 계획을 잘 짜야만 무언가 할 준비가 됐다고 여기는 사람들이 많다. 물론 '자격증 시험 합격' 또는 '여름 방학 계획 짜기' 같은 명확한 목표가 있다면 구체적인 계획을 세우는 것이 큰 도움이 된다. 하지만 내가 세운 '현명한 사람 되기' 같은 막연한 목표는 어디서부터 어떻게 해야 하는지 알기 힘들고, 무언가 시도하더라도 불안과 불만이 생기기 마련이다. 그래서 시작할 용기도 나지 않는다.

아주 작은 것이라도 괜찮다. 용기는 아주 작은 것에서부터 시작한다. 내가 아침에 일어나 커튼을 열기로 하고 실행하는 것, 어쩌면 아침햇살을 집 안으로 끌어와 분위기를 활기차게 만드는 데 기여한 것이 아닐까? 그 빛이 우리 집을 생기 있게 하고, 아이들에게 기상을 알리는 시끄러운 자명종을 대신할 수도 있다. 나의 작은 선택과 용기가 더 큰 에너지를 되돌려 주고 또 다른 선택을 가능하게 하는 용기가 될지 모른다.

또 다른 시도

얼마 전부터 『당신의 뇌를 바꿔드립니다』의 저자인 강은영 작가님이 운영하는 체인지U 스쿨 단톡방에 감사일기를 올리기 시작했다. 일상이 힘들어 쥐어 짜내듯 감사한 일을 생각하다 보면 긍정적인 생각을 키울 수 있지 않을까 하는 의도에서였다. 불특정 다수가 읽을 수 있는 곳이라 처음엔 다 써놓고도 올릴까 말까 고민하는 데만 수십 분이 걸리기도 했다. 200명이 넘는 단톡방에 감사일기를 올리는 사람이 고작 한두 명밖에 없었기 때문이기도 했다.

지금은 고민 없이 글을 올린다. 게다가 단톡방에 감사일기를 쓰는 사람들이 하나둘씩 늘어나고 있다. 이유가 무엇인지는 모른다. 어쩌면 내가 매일 올리는 감사일기가 다른 사람들에게 용기가 되었을지 모른다. 뭔가 또 다른 시도를 할 수 있을 것만 같다. 이러니 쓰지 않을 이유가 없다. 내 글이 감사일기 쓰기를 주저하는 다른 사람의 시도에 공헌하고 있다고 생각되는 순간이다.

작은 시도는 추진체가 되어 또 다른 시도로 나를 밀어준다. 마치 로켓이 발사된 후 3단으로 분리되는 과정에서 추진체가 더 빠른 속도로 올려주는 것처럼. 앞으로도 무언가 주저하는 순간이 분명히 올 것이다. 그때, 지금까지 모아놓은 작은 용기들을 앞세워 지금 당장 할 수 있는 것을 찾아 실행해 보려고 한다.

5

꾸준함, 그 어렵지만
즐거운 여정

"하루에 세 시간을 걸으면 7년 후에
지구를 한 바퀴 돌 수 있다."

-새뮤얼 존슨

용두사미에서 그릿(GRIT) 정신으로

체인지U 스쿨 평생회원 설문지에는 이런 질문이 있다. "최근에 꾸준히 해온 것이 있다면 무엇입니까?" 나는 꾸준함과 거리가 멀다고 생각했기에 딱히 떠오르는 것이 없었다. 그도 그럴 것이 시작은 의미심장했지만 잘 마무리가 되었거나, 그 정도면 잘했다고 생각할 만한 것이 없다며 자책한 적이 많았으니, 그 질문이 나에겐 매우 불편했다. 그런 경험들은 새로운 시도가 필요할 때 주춤하게 했고, 또 적당히 하다 관두는 건 아닐까 의심부터 하게 만들어 나를 무기력하게 했다.

우리는 자신만의 기준을 가지고 살아간다. 어떤 사람은 남들에 겐 관대하더라도 자신에게는 엄격하다. 자신은 괜찮다고 하면서 남들, 특히 자식에게는 엄격한 잣대로 판단하고 평가하는 사람도 있다. 나에게 꾸준함이란 무엇일까? 적어도 5년, 10년 동안 중간 에 끊이지 않고 꾸준히 해온 일 또는 활동이었다.

자, 직업으로 하는 일 이외에 그만한 기간 동안 유지하는 무언가 가 있는 사람이 얼마나 될까 생각해 보자. 캐나다의 심리학자 리처 드 코스트너는 연구를 통해 1주일 만에 22%, 한 달 만에 40%, 6 개월 만에 60%가 목표를 포기한다는 결과를 발표했다. 2년이 지 난 뒤에는 목표를 지키고 있는 사람이 단 19%에 불과했다고 한다. 사실이 이러하니 작심삼일이란 말이 괜히 나온 게 아니다.

미국의 심리학자인 엔젤라 더크워스가 개념화한 '그릿(GRIT)'이 란 용어가 떠오른다. 장기적인 목표를 위한 열정과 인내. 그릿의 핵심은 포기하지 않고 다시 도전하고 끊임없이 노력하는 것이다. 이러한 노력을 지속하는 수준이 높은 사람일수록 어려운 도전을 선호하고, 실패해도 포기하지 않는 경향이 있다. 장기적인 목표를 정하고 달성하기 위한 열정과 인내를 어떻게 키울 수 있을까? 나 는 무엇보다 즐겁고 설레는 마음으로 목표 달성을 하기로 마음먹 었고, 여러 가지 도전을 하기 시작했다.

체력이 먼저다

새로운 도전은 너무나 피곤했고, 별것 아닌 일에도 짜증이 났다. 내가 좋아서 하는 일임에도 불구하고 피할 수 없는 스트레스와 짜증이 세 아이를 향해 쏟아지기도 했다. 이렇게 해서는 얼마 가지 못하고 무너질 듯 위태로웠다. 뭔가 꾸준히 하려면 다른 에너지가 필요했다. 그래서 시작한 것이 운동과 다이어트였다. 나는 운동에 관심이 거의 없는 사람이었다. 적어도 작년 5월까지는 그랬다. 2021년에 똑녀똑남(똑똑하고 여유 있게, 똑똑하고 남다르게) 습관 형성 프로젝트에 참여하면서 몇 달을 힘들어했던 이유도 체력이 부족했기 때문이다.

아침에 일어나 식탁을 차리고, 세 아이를 깨우고 먹여서 챙긴 후 학교에 보내고 나면 초토화된 식탁과 싱크대, 화장실 정리를 끝내고 대충 아침을 먹었다. 커피 한 잔으로 정신을 차린 후 거실 등 집 청소를 하고, 삼 형제의 빨래를 두세 차례에 걸쳐서 들고 세탁실에 가곤 했다. 막내 아이 하교 시간에 맞춰 학교로 가서 픽업하고 둘째, 셋째 아이 학원 몇 군데 왔다갔다하다 보면 저녁 시간이 되었다. 저녁 차리고, 설거지하고, 숙제 체크하고, 씻고 나면 밤 10시. 이때쯤 되면 너무 지쳐서 손가락 하나 까딱하기는커녕 누가 말만 걸어도 짜증이 분수처럼 뿜어져 나왔다. 무언가 돌출구가 필요했다.

나는 당시 너무 피곤하고 기운이 없는 상태에서 내 시간을 갖겠다는 의지만으로 새벽 5시 기상을 강행하고 있었다. 우선 아침 식사 직후 영양제를 챙겨 먹기 시작했다. 같은 생활 패턴에 영양제만 챙겨 먹어도 낮에 훨씬 좋은 컨디션을 유지할 수 있었다. 하지만 밤이나 새벽 시간은 여전히 힘들었다. 또 다른 문제는 근력 부족으로 자주 근육통과 담에 시달려 병원 신세를 지는 날이 많았다. 근력 운동하는 방법을 몰랐기에 일단 PT 10회를 끊었다. 중간에 하기 싫어질 것 같아 아이 등교시키고 돌아오는 길에 가는 걸로 시간을 정해 두었다. 이것으로 기구를 이용한 근력 운동 방법을 배웠다. 한 달 반에 걸쳐 주 2회, 10회 차를 마무리하고 헬스장에 등록했다. 이틀에 한 번은 짧든, 길든 출석 도장을 찍었다.

방법을 배웠으니 이젠 꾸준히 하는 것이 목표였다. 어떻게 하면 꾸준히 할 수 있을까? 이럴 땐 운동하러 갈 수밖에 없는 상황을 만들면 된다. 당시 막내가 초등 1학년이라 매일 등교를 같이했는데, 아이를 데려다주고 오는 길에 헬스장으로 들어가는 루틴을 만들었다. 아직은 낮잠이 필요하긴 했지만, 5시에 일어나도 오전 컨디션이 나쁘지 않을 만큼 좋아지고 있다는 걸 느낄 수 있었다.

근력운동은 나에게 영양제와는 다른 에너지를 주었다. 좀 더 빠르게 걷거나 언덕을 올라도 숨차지 않을 만큼 활력이 생겼다. 무리했다 싶은 정도로 짐을 옮기거나 일해도 일상생활에 지장을 줄 만큼 다음 날 더 피곤하지도 않았다. 아침 기상 후 찌뿌둥한 몸은 물한 잔과 스트레칭으로 풀어낸다. 종일 식사 때 이외엔 물을 마시지 않던 나는 물을 챙겨 마시기 시작했다. 얼마 지나지 않아 아침에도 붓지 않고 가벼워진 몸을 만날 수 있었다. 하루에 물 2리터를 어떻게 다 마실 것인지 생각했다. 새벽 기상 직후부터 아침 식사 전까지 600mL 텀블러 1잔, 12시 전까지 1잔, 외부 활동하면서 1잔, 저녁 식사 전까지 1잔, 이렇게 하니 충분히 마실 수 있는 양이었다.

안될 거라 여겼던 2리터 물 마시기가 자연스럽게 루틴이 되고 있었다. 규칙적으로 섭취하는 물은 내 몸을 가볍게 만들었고, 의식하지 않아도 섭취하는 하루 음식량이 줄어들었다. 푸석하던 얼굴도 생기가 돌기 시작했다. 매일 아침 물을 마시며 생각했다. 내 몸 구석구석까지 이 물이 흡수되면 세포 하나하나 수분 가득 오동통해진다. 내 주름은 점점 없어지고 피부는 매끈해진다.

꾸준함을 유지하는 방법

새로 생긴 좋은 습관이 불러온 마법 같은 주문은 이제 상상이 아닌 나의 일부가 되었다. 기상 직후 내 몸을 깨우는 음악을 틀고, 자연스럽게 물을 떠 놓고 스트레칭을 위한 매트를 펼치면 나의 하루가 시작되는 것이다. 매일 꾸준히 하고 싶은 것이 있다면 주위에 광고하고 함께 한다면 좀 더 쉽게 이뤄낼 수 있다. 유퀴즈라는 TV 프로그램에서 플랭크 하는 86세 김영달 씨를 본 적이 있다. 그렇게 단단하고 튼튼한 몸을 유지하는 비결은 꾸준함이라고 말씀하시는 그분의 이야기를 들으니, 끊임없이 한다면 나도 가능할 거라는 생각이 문득 들었다.

평소 의지가 약하고 운동을 싫어하는 나였기에 매일 플랭크 사진과 기록을 소모임 톡방에 남겼다. 예전 같으면 이게 뭐라고 올리나 했겠지만, 열심히 해보려는 의지임과 동시에 함께 해보자는 의미라고 첫 15초 기록사진을 소개했다. 그리고 매일 서로 독려하고 칭찬하며 빠뜨리지 않고 사진을 올렸다. 처음에는 15초로 시작했던 기록이 이웃과 함께하니 두 달 만에 3분이 되는 쾌거를 이뤄냈다.

책을 읽을 때도 혼자 읽으면 남는 게 없었다. 읽고 생각을 나누고 질문을 하면서 진짜 나의 것이 되는 값진 경험을 할 수 있다. 나에게는 읽고 싶다고 하면서도 쉽게 손이 가지 않는 것이 시집이었다. 새벽 루틴이 마무리되면 시를 필사해서 단톡방에 올린다. 내가 읽으며 느낀 감정을 나누고 이웃의 생각에 귀 기울인다. 무언가 한 가지로 여럿이 함께 나누는 경험은 소중하고 값지다. 매일 필사한 시를 올리며 이야기하는 것이 이제 다음 날, 그다음 날도 하고 싶어서 하게 되는, 생각만 해도 즐거운 일과 중 하나다.

매일 똑같은 일이 반복되면 지루하지 않을까 생각해 본 적이 있다. 새벽 기상을 하고 몸을 깨우는 과정들이 습관화되면서 밥을 먹고 밤이 되면 잠을 자듯이 자연스럽게 이루어졌다. 밥 먹는 것이 지루한가? 한식을 양식으로, 집밥을 외식으로 혹은 반찬을 바꾸면 된다. 새벽 기상 루틴이 지루한가? 몸을 깨우는 음악을 바꾸면 되고, 스트레칭 영상은 수백, 수천 가지가 넘는다.

나에게 맞는 방법과 지속하는 힘

꾸준하게 무언가를 한다는 것은 막연하기도 하고 정말 쉽지 않다. 하지만 내가 필요하고 절실하다면 나에게 맞는 방법으로 자신만의 여정을 꾸려 즐겁게 할 수가 있다. 꾸준한 습관으로 만들고 싶은 것이 있다면 내가 매일 하는 일에 연결고리를 만들어 작은 실천을 하루하루 더해보자. 꾸준히 하지 못해도 괜찮다. 다시 시작하면 되니까. 포기하지 말고 작심삼일을 꾸준히 연결하면 일주일, 한 달, 일 년도 가능하다.

이제 이렇게 생각해 보는 건 어떨까. 가늘고 길게 가자. 굵고 길게 가면 더할 나위 없이 좋겠지만 인생은 길고, 하고 싶은 것은 점점 많아진다. 재미난 일들을 하나씩 덧붙여가는 신나는 인생을 살고 싶다. 초반에 힘을 빼지 않고 설레는 마음 가득 안고 가장 작은 일부터 조금씩 덧붙여가는 것이다. 어느 한 가지가 습관으로 자리 잡으려면 최소한 66일이 걸린다고 한다. 작심삼일을 연결하면 어느새 생활의 일부가 되어 있는 날이 분명히 온다.

내가 즐겁고 꾸준히 해나갈 수 있었던 방법은 팀 안에서 서로에게 긍정적인 피드백을 하고 격려하는 것이었다. 함께하면 에너지를 주고받을 수 있다. 자신의 의지를 드러내고 서로에게 격려를 아끼지 않는다면 분명히 더 큰 시너지가 생긴다. 에너지는 서로 간에 연결될 때 생성되는 분수 같은 것이다. 꾸준함이란 결국 연결된 에너지의 결과이다.

6

나와 타인의 경계선을
명확히 하라

"말을 물가로 데려갈 수는 있지만 물을 마시게 할 수는 없다."

-미국 속담

내가 다 할 필요 없다고?

가족의 대소사나 아이들 스케줄 챙기는 일은 항상 버거웠다. 가족들의 생일을 기억하고, 틈나는 대로 전화로 안부를 묻는 일. 혹자는 조금만 관심을 기울이면 할 수 있는 별것 아닌 일이라고 하지만, 나는 한 가지에 집중하다 보면 다른 것들을 놓치는 경우가 많았다. 무대의 스포트라이트를 제외한 나머지는 깜깜한 것처럼. 잘해야만 한다는 강박에 생각나는 모든 것들을 빠뜨리지 않으려고 꼼꼼히 메모와 알람을 설정했다.

그런데도 놓치는 것이 있었고, 한 가지에 집중하면 다른 쪽에 소홀해지니, 멀티플레이가 안 되는 사람이라고 스스로 낙인찍고 있었다. 가족 구성원 각자의 일도 모두 나를 거쳐 마무리되어야만 내 할 일을 할 수 있을 거라는 생각. 그 많은 일들을 처리하는 데도 시간과 에너지가 부족한데 하물며 새로운 목표를 세운다는 것은 언감생심 어려운 일이었다.

아이들의 사소한 일 하나까지 확인해야만 직성이 풀리고, '너희 때문에 내가 다른 일을 못 하지.'라고 생각했다. 가끔 능력에 과부하가 걸리면 알 수 없는 억울함이 물밀듯이 밀려왔다. "내가 하는 일이 얼마나 많은데. 왜 다들 안 도와줘!" 이 말에 돌아온 남편의 대답은 충격이었다. "힘들면 쉬어. 아무도 해달란 사람 없는데 왜 혼자 해놓고 스트레스 받고 그래?"

"그럼 누가 해? 다들 자기 할 일도 제대로 못 하고 있잖아. 내가 안 하면 안 되는데 다들 나보고 어쩌라는 거야!" 나의 울분에 남편이 답했다. "도움이 필요하면 말을 해야 알지. 그리고 애들이 할 일을 안 하면 자기가 손해지 왜 그걸 당신이 다 해주려고 해?"

죄책감과 책임감 사이

내 기준에 맞추다 보니 부족해 보이는 부분은 상대에게 잔소리하고, 그래도 안 되면 직접 하면서 나를 힘들게 한 것이다. 상대방이 되어 내 행동을 보면 어떤 생각이 들까? 잔소리하는 내가 이해하기 어려웠을 것이고, 하지 않으면 대신 해주니 그리 편할 수가 없다는 걸 왜 몰랐을까?

　나는 항상 마음이 바빴다. 이렇다 할 행동은 없었지만, 머릿속은 강한 바람에 풍속계가 돌아가듯 팽팽 돌고 있었으니 실행이 제대로 될 리 없었고, 내 맘처럼 안 되는 여러 가지 상황에 좌절한 적도 많다. 게다가 아이들은 엄마 마음처럼 되지 않는다는 이야기도 있지 않은가. 내가 관여해야 할 일도 아닌 것까지 쥐락펴락하려다 보니 정신적으로 힘들었고, '뭘 해보자'라는 의지가 꿈틀거리다가도 다시 마음속 깊이 들어가 버리는 것이다.

　육아에서 조금 벗어났다고 생각해서 시작한 꽃꽂이, 또한 그래서 한없이 아쉬운 마음이 든다. 주변에서 아직 어린 삼 형제를 키우면서 꽃꽂이라니 너무 힘들겠다던 반응이 대부분이었다. '그래, 너무 힘들어. 챙길 것도 많은데 이 시간에 이렇게 나와 있다니.' 죄책감이 들었다. 대체 챙길 것이 어디까지였단 말인가? 한국 꽃꽂이 강사 1급 자격증을 얻기까지 5년을 이어 갔지만, 코로나와 겹치며 결국 서서히 멀어졌으니 스스로 그만두는 결과를 낳았다.

　죄책감은 어디에서 오는 것일까? 죄책감의 사전적 의미는 '저지른 잘못에 대하여 책임을 느끼는 마음', '자신이 저지른 잘못에 대해서 후회와 참회를 느끼는 것'이다. 내가 저지른 잘못은 과연 무엇이었을까? 죄책감은 책임이 있는 사람이 느끼는 것이다. 그럼 이 모든 것들이 나의 책임인가? 그렇다면 책임 소재가 분명해야 했다.

과제의 분리로 달라진 나

아이들 일에 관여하긴 하지만, 결과에 대해 아이들 각자 느낄 수 있을 때까지 내버려 두기 시작했다. 처음에는 너무나 참기 힘들었지만, 그때마다 되뇌었다. 최악의 상황까지 간다면 어디까지 펼쳐질 수 있을까? 사춘기 아들이 꼼꼼히 씻지 않는 문제는 도저히 잔소리로 해결되지 않았다. 호르몬의 변화에다 느긋한 성격이 제곱근이 되었다. 청결이 중요한 나에게는 엄청난 인내심이 필요했다.

안 그래도 사사건건 부딪치는 사춘기 아들인데 사이를 좁힐 수 있는 길이 보이지 않아 심란했다. '꼼꼼히 세안하지 않으면 어떻게 될까? 여드름에 괴로워할 것이고, 상처로 흉이 질 거고, 나중에 후회하면 어쩌지?'라는 생각까지 가니, 번뜩 떠올랐다. 흉이 지면 피부과에서 치료하면 되지! 그리고 불편하거나 치료가 필요한 것은 아들이니, 잘 씻고 안 씻고의 문제는 아들의 과제이다.

이리 생각하니 씻지 않는 문제가 전처럼 크게 다가오지 않았다. 내가 도와줄 수 있는 부분이 뭔지 물어보고, 필요한 물건을 사다 주고, 우연을 가장해서 최악의 결과를 영상으로 보여주었다. 그걸로 끝이었다. 할 수 없는 부분에서 끙끙대지 않고 할 수 있는 부분만 하는 것이다. 예상은 적중했다. 아들은 가렵고 따가운 여드름에 짜증을 내더니 아침, 저녁으로 여드름용 폼 클렌저를 사용하고, 긴 앞머리를 올리느라 머리띠도 하면서 피부 관리를 한다. 나는 그런 아들을 보며 엄지척을 날려주기만 하면 된다.

기시미 이치로의 『미움받을 용기』에서 알프레드 아들러는 행복의 조건에 과제의 분리가 있다고 했다. 과제의 분리에서 가장 어려운 것은 어디까지가 너의 과제이고, 어디까지가 나의 과제인가 하는 부분이다. 우리의 걱정 중 하나는 오해받을까 걱정하며 진심과 다른 행동을 하는 것이다. 예를 들어 싫어도 좋다고 하거나, 어렵지만 괜찮다며 혹은 미심쩍어 내가 하겠다고 할 때 그 행동의 결과는 누구에게 책임이 있을까? 이때 진심을 전하는 것이 중요하다.

내게 중요한 것이 무엇인지, 내가 할 수 있는 부분이 어디까지인지, 그리고 부탁을 들었을 때 느낌은 어떤지. 할 것인지 말 것인지의 문제는 나의 과제이다. 그리고 그 선택과 행동 이후 상대가 어떻게 생각할지에 관한 부분은 그 사람의 과제이다. 우리는 상대방의 감정까지 신경 쓰며 머릿속을 바쁘게 회전시키고 있다. 그 결과 과부하가 오는 것이다. 그것도 나의 선택이고 결과이다. 어쩌면 이기적이고 냉정하다는 생각이 들 수도 있지만 딱 거기까지다. 생각을 정리하다 보니 일전에 남편이 해준 말속에서 나의 분주함의 원인을 찾을 수 있었음을 깨닫는다.

나의 과제에 집중하기

내가 할 수 있는 부분에 집중하고 지체하지 않고 실행하는 것. 그리고 마음을 다해 돕지만 결과에 대해 함부로 평가하거나 질책하지 않는 태도가 필요하다. 감정은 옳고 그름으로 판단할 수 없기에, 결과에 따른 죄책감이나 후회를 부정적으로 평가할 필요가 없다. 각자의 과업 안에서 많은 시행착오를 거쳐 우리는 좀 더 나은 방법을 모색하고 발전한다.

각자의 자리에서 최선을 다한다는 것은 그런 것이다. 서로 격려하고 지지하는 과정에서 부딪치고, 넘어지고, 일어서고, 엄지척을 날려주는 과정을 반복한다. 타인의 행동이나 감정에 따른 결과까지 책임지려고 하는 태도는 점점 삶을 옥죄어 여유로운 삶을 영위하기 어렵게 한다. 그러므로 나의 과제와 너의 과제를 분리하는 과정을 빼놓고는 설명할 수 없다. 이렇게 함으로써 내가 지향하는 정신적으로 여유로운 삶에 한 발짝 더 다가선다.

7

상상과 확언이 현실이 된다

"오랫동안 꿈을 그리는 사람은 마침내 그 꿈을 닮아간다."

-앙드레 말로

명상과 긍정 확언으로 시작하는 아침

부드러운 기상 멜로디에 여긴 어디? 하며 눈을 가늘게 떠본다. 입꼬리를 마치 귀에 걸듯 바짝 당겨 올리니 밤새 굳어있던 얼굴 근육이 살아난다. 웃고 있는 내 얼굴을 마주 보듯 상상하며 침대에서 일어나 창문을 열고 기분 좋은 시원함을 온몸으로 느껴본다. 오늘도 나만의 두 시간을 고요하지만 활기차게 시작할 수 있음에 감사하다. 이 시간을 보내고 나면 하루의 일과를 다 마친 듯 편안하고 느긋하게 지낼 수 있다고 생각하니 바로 지금, 움직이지 않을 이유가 없다.

나는 새벽 시간이 좋다.

글 쓰는 것은 즐겁다.

나는 나날이 조금씩 발전하고 있다.

나는 아이들에게 큰 획을 그어주는 사람이다.

나는 내가 좋다.

고요한 새벽, 노트북을 켜고 식탁에 앉으면 빈 화면에 확언을 적고 소리 내어 읽는다. 눈을 감고 다시 떠올리고 말하면서 실제로 그렇게 된 상상을 한다. 아침이 힘든 날도 이렇게 시작하면 가라앉았던 기분이 훨씬 나아지고 무력감에 빠질 일도 줄어든다. 자, 이제 오늘, 나에게 주어진 새벽 시간과 남은 하루는 소풍 가기 전날 어린아이처럼 설레고 기대된다.

힘든 마음을 희망으로

첫째 아들은 나와 많은 부분이 다르다. 내 맘대로 안 된다는 열다섯의 사춘기 남자아이. 얼마 전까지도 내 마음에 들지 않는 아들의 행동을 볼 때마다 잔소리를 퍼붓던 나는 요즘 아이의 미래를 상상하는 확언을 자주 한다. 주위 사람들은 말한다. 중학생은 아직 사람이 아니다. 생각이란 걸 하지 않는 종족이다. 기분이 좋았다 나빴다 반복하는 기이한 시기다. 이런 말을 듣거나 생각하면 위안이 되는 것이 아니라 한숨과 함께 걱정하는 마음이 더 올라오곤 한다.

이렇게 생각해 보자. 대답하지 않는 것은 생각하는 힘을 키우느라 그런 것이다. 감정이 오르락내리락하는 것은 감정을 다스리는 연습 중이다. 이 시기에 좋은 관계를 유지하며 기다려주면 훌륭한 어른이 된다. 이쯤 되면 나의 상상은 현실이 될 거란 믿음이 풍선처럼 내 마음을 꽉 채운다. 100도 씨가 되어 물이 끓어 넘치듯 웃음이 새어 나온다. "어차피 잘될 건데 뭣 하러 잔소리해?" 잔소리는 독이 될 뿐이다. 나는 아들의 삶에 큰 획을 그어주는, 귀감이 되는 사람이다.

8개월 만에 발레 공연을 무대에 올리다!

일과 육아를 병행하며 반복되는 일상이 힘에 부쳐 하루하루 힘들게 지내던 나는 새벽 기상으로 새로운 루틴을 만들기 시작했다. 이때 복병으로 떠오른 것이 바로 체력이었다. 일상 루틴을 다시 짜고 거기에 맞춰 움직이다 보니 많은 에너지가 필요했는데, 평소 활동적인 운동을 하지 않았기에 새로운 일을 시작하기엔 역부족이었다. PT와 헬스로 조금씩 운동량을 늘리고 있긴 했지만, 부족한 근력을 키우고 꾸준히 할 수 있을 흥미로운 운동이 뭐가 있을까 고민하던 차에 발레를 시작했다.

혼자서 지속하기란 쉽지 않았기에 서로 밀어주고 끌어주는 이웃과 함께했다. 우리는 열심히 운동해서 나중에 발레 공연도 하자며 웃었다. 발레 메이트로 서로 독려하면서 꾸준히 할 수 있을 것 같았지만, 운동을 하면서 부상도 입었고 생각만큼 되지 않아 좌절하기도 했다. 슬럼프에 빠질 때쯤 생각을 바꾸기로 했다.

수업 전 다 함께 거울을 보며 중얼거린다. "나는 운동을 할 수 있는 상태여서 감사하다. 여기저기 아플 만큼 효과적으로 운동을 했다. 시작할 때 쩔쩔매며 헤매던 동작들이 지금은 자연스럽다. 아름다운 동작으로 공연을 잘 마친다." 우리는 새로운 확언으로 발레 레슨에 즐겁게 참여하고 기대하는 마음으로 연습에 집중할 수 있었고, 점점 발전해 8개월 만에 발레 군무를 해냈다. 해낼 거라고 기대조차 하지 않았던, 농담처럼 웃으며 얘기하던 발레 공연을 하게 되었다. 1년도 채 되지 않은 상태에서 무대에 올릴 수 있을 만큼 발전한 우리가 너무 자랑스럽다. 확언하는 동시에 나는 그 순간을 이미 현실이 된 것처럼 상상했다. 그러자 마치 사진으로 찰칵 찍어 벽에 걸어 둔 것처럼 어느 순간 현실이 되어 있었다.

긁적이던 글쓰기가 공저 쓰기까지!

글쓰기는 어렵고 하기 싫었던 숙제로 기억한다. 내 의지가 아닌 강압에 의해 하는 그 어떤 것이든 안 좋은 기억을 갖게 한다. 내가 글을 자발적으로 쓰게 될 줄은 상상도 하지 않았었다. 고요한 새벽 시간을 즐기게 되고 그 시간을 활용하게 되면서 새글캠(새벽몰입글쓰기캠프)을 통해 자연스럽게 글쓰기로 이어졌다. 하지만 처음부터 어려웠다. 글이 잘 써진다고 하며 마인드 컨트롤을 해보았지만, 글쓰기가 좋다는 확언들이 마음에 와 닿지 않아서 나를 더 힘들게 했다.

나에게 맞는 방법을 찾기로 했다. 좋아하는 글을 내가 쓰듯 따라 쓰기 시작했다. 처음은 소설이었다. 쓰면서 내 상상 속에 그려지는 그림이 좋았다. 지금도 여러 전시회의 그림을 보면 그때가 생각나고, 소설처럼 이야기를 풀어놓고 싶을 때가 있어 흥미롭다. 긴 글을 쓰기가 힘들 때는 시를 적었다. 시는 아름다운 표현에 감탄할 때가 많다. 실용서를 읽으며 내가 쓰듯 정보를 전달하는 연습도 해본다. 내 이야기를 전달하는 데 도움이 되는 자기계발서나 수필 등도 의미 있는 필사가 되곤 했다.

필사하면 마치 내가 쓰고 있는 듯 편안하고, 필력이 좋아진다고 믿게 된다. 이제 나는 내 글을 쓴다. 그리고 점점 잘 써지고 있다. 글 쓰는 시간이 즐겁다. 상상의 힘만으로도 책상 앞에 앉을 수 있는 동기부여가 된다. 이 글을 쓰며 한 번 더 생각한다. 나는 공저 쓰기를 해냈다.

가능성을 향해 움직이기

여행을 떠나기 전엔 큰 틀만 짜든, 세세하게 짜든 계획을 세우곤 한다. 항상 계획대로 되지는 않지만, 그곳에 가고 싶은 목적과 동기가 있을 때 계획은 수월하게 진행된다. 게다가 가고 싶다는 의지가 있고, 멋진 사진을 찍으며 즐겁게 노는 상상을 하면 더 가고 싶은 마음이 생기고, 인생 사진도 남기고 돌아올 수 있다. 나의 닉네임은 '지구여행자'다. 다른 별에서 살다 엄마의 몸을 통해 단지 여행을 온 어떤 개체일지도 모른다는 재미있는 생각을 해본다. 그렇다면 현재의 평범한 삶을 살다 여행을 마치고 돌아가기엔 아쉽다고 생각한다. 지구에는 재미있는 것들이 많으니 다음엔 뭘 해볼까? 호기심 가득한 마음을 잃지 않았으면 한다.

1년 후 나의 모습을 상상하고 다음 차례에 걸어둔다. 5년 후 나의 모습을 순간 찰칵 찍어놓는다면 어떤 모습일까? 10년 후 나를 생각한다. 그 순간 나는 어떤 모습으로 살고 있을까? 그것이 무엇이든 상상하고 확언하는 대로 그 순간을 사는 지구여행자의 모습이다. 그 마음으로 현실을 산다면 어떤 위기도, 어려움도, 즐거움도, 기쁨도, 그 어떤 상황도 내가 생각하고 상상하고 확언하는 대로 만들어 나갈 수 있다. 마주하는 그 어떤 일이든 상상과 확언을 통해서 내가 원하는 방향으로 끌고 갈 수 있다. 이러한 일상의 태도는 어려움과 좌절을 극복하는데 강력한 동기부여가 된다.

이러한 마음가짐은 삶의 여유를 가져다준다. 우리의 마음이 불안하고 항상 바쁜 이유는 불확실성에서 기인한 초조함이다. 불안 속에서 가능성을 향해 움직이는 일이야말로 희망을 현실로 끌어다 놓는 강력한 무기가 된다. 어떤 상황에서든 나의 의지와 확언으로 현실이 된다는 믿음만으로도 바쁘고 힘든 일상에서 마음의 여유를 얻을 수 있다. 끝이 존재하지 않고 돌고 도는 뫼비우스의 띠처럼 여유에서 오는 행복, 행복에서 오는 또 다른 희망, 다시 희망이 현실이 되는 삶을 살 수 있다.

8

정답이 아닌 해답 찾기

"질문이 정답보다 중요하다."
-알베르트 아인슈타인

나에게 질문은 답답한 마음의 문을 여는 알리바바의 주문 같다. 누군가와 서로의 어려움에 대해 한바탕 이야기보따리를 풀고 나면 뭔가 풀렸다기보다는 더 답답하고 허무하다는 느낌을 받을 때가 있다. 대화가 질문보다는 조언과 질책이 가득했기 때문이다. 분명히 서로 얘기하고 들어주는 대화가 오갔는데 풀리지 않는 답답함은 마치 밤고구마의 뻑뻑함과 같다.

IBM의 설립자 토마스 왓슨은 "답을 구하기 위해 적절한 질문을 할 수 있다면 절반 이상 이기고 시작하는 셈이다."라는 말로 질문의 중요성을 언급한 적이 있다. 질문을 해야만 정답이 아닌 해답을 얻을 수 있다.

왜 질문해야 하는가?

등교하는 아이들이 있는 가정의 아침은 상상만으로도 분주하다. 깨우는 순간부터 이것저것 챙기라는 말까지 엄마의 잔소리는 끝이 없다. 우리 집 삼 형제는 비몽사몽 느릿느릿하다. 언제까지 시켜야만 할지 답답한 마음이 든다. 잔소리해도 할까 말까인데 스스로 어떻게 살아갈지, 어떻게 가르쳐야 할지도 막막하다. 특히 우리 집 둘째는 고집이 대단하다. 좋게 얘기하면 자기주장이 강한데, 엄마로서는 늘 탐탁지 않다. 용납되지 않는 이유와 방법들을 늘어놓으며 자기 행동이나 생각을 밀어붙인다. 뭔가를 해야만 하는 이유, 할 수 없는 이유, 그렇게 행동하는 이유 등 생각만 해도 머리가 아파지려고 한다. 한때는 그 고집을 꺾으려고 윽박지르기도 하고, 시키는 대로 그냥 하라고 혼도 냈었다.

지금 생각해 보면 아이는 엄마가 일방적으로 얘기하지 않기를, 또한 함께 답을 찾기를 바랐던 것 같다. 이제는 아이의 말을 가볍게 여기지 않고 진심을 담아서 이야기하려고 노력한다. 오늘도 아이와 나 사이에 평행선을 그리는 대화가 오고 간다. "아~ 그런 방법이 있었구나. 어떻게 그런 생각을 해낼 수 있을까, 비결이 뭐야?"

예전에는 시키는 대로 잘 따르는 아이가 커서 잘될 거로 생각했다. 엄마가 짜준 시간표대로 열심히 움직이고, 학원에 잘 다니고 상도 받는 욕심 있는 아이가 성공할 거라고 믿었던 적이 있다. 지금은 자기 생각을 분명하게 말하고 고집쟁이라고 부를 만큼 의견이 확실한 아이가 세상을 살아가는 데 필요한 힘을 키울 수 있다고 생각한다.

걱정이 많고 생각이 복잡하다면 이렇게 해보자. 미리 시뮬레이션해 보는 것이다. 시뮬레이션(simulation)이란 실제의 상황을 간단하게 축소한 모형을 통해서 실험하고, 그 실험 결과에 따라 행동이나 의사를 결정하는 기법이다. 이 방법을 통해 상황에 따른 여러 가지 대안을 도출할 수 있다. 예측하지 못한 상황이 펼쳐졌을 때 당황할 확률도 줄어든다. 행동하기 전에 직접 생각해 보고, 말해 보고, 추측해 보면서 여러 가지 가능성을 수용하는 힘도 기를 수 있다.

질문으로 인한 변화

"이런 상황에서 어떻게 하고 싶은가?"

"그 일을 하는데 준비해야 할 건 무엇일까?"

"예상과는 다른 상황이 벌어졌을 때 할 수 있는 대안은 어떤 것이 있을까?"

이렇게 질문하고 각자 해답을 생각하는 과정을 거치면 여러 상황에 대처하는 힘이 생긴다. 무슨 일이 생길 때마다 엄마를 찾던 우리 집 셋째는 이제 질문을 던지면 제 생각대로 시도하려는 변화가 보인다. 문제가 발생했을 때 내가 생각하는 해답이나, 아이를 향한 질책이 아닌 '질문'을 던져야 아이가 자신만의 해답을 골똘히 생각하고 방법을 찾는다.

이런 과정을 반복하면서 타인에게 해답을 요구하지 않고 자신만의 방법을 거미줄처럼 엮어가는 힘이 생길 거라고 믿는다. 이렇게 아이는 점점 독립성을 찾고 스스로 방법을 찾아 자신의 인생을 훨훨 날아오를 준비를 한다. 나는 사랑하는 눈빛을 가득 담아 응원의 메시지를 쏘아주기만 하면 된다.

나에게 하는 질문도 마찬가지다. 무엇이 중요한가? 버릴 것은 무엇인가? 무언가를 계획하더라도 질문을 통해서 왜 하려고 하는지 명료하게 알게 된다. 이 과정에서 할 이유가 명확하지 않으면 과감하게 관둘 수 있는 결단력이 생기고, 해야 할 이유가 없다는 걸 확인했으니 불안함도 덜게 된다. 해야 할 일, 하고 싶은 일, 하지 않아도 되는 일이 질문을 통해 명료해지니 생각이 날씬해진다. 이 과정에서 할 수 없거나 필요 없는 것들에 대한 미련 또한 없어진다. 생각이 가벼워지니 마음도 편안하다. 버겁기만 했던 수많은 문제도 또렷하게 정리되어 엉킨 실타래를 풀어 아름다운 수를 놓듯 일상이 여유롭다. 오늘도 결정해야 하는 문제 앞에서 주문 같은 질문을 나에게 던진다.

질문을 통한 여유 있는 삶

질문은 독립이다. 언제까지 어디에 의존하고 살 것인가? 누군가가 나에게 도움은 줄 수 있다. 하지만 원하지 않는 조언과 질책은 강요가 될 수 있다. 시키는 대로 하는 것이 당장은 편하고 좋을 수 있지만, 점점 생각하는 힘이 사라지고 무기력해지기 쉽다. 게다가 나의 마음이 동하지 않는 한 다른 사람의 조언은 실행하기에 썩 내키지 않는다.

자신을 향한 질문은 내가 원하는 것, 결국은 나의 이상향을 찾는 방법이다. 중요한 것, 그것을 하려는 이유와 목표를 찾아 질문하는 과정에서 불필요한 건 잘라내고 필요한 걸 덧붙여 나의 일상은 단순하고 명료해진다. 무엇이 중요하고 방향이 어디인지 명확하게 찾을 수 있다. 질문이라는 근육으로 단련된 날씬한 생각은 최적화된 경주마가 결승선을 향해 달리듯 목표를 향해 가볍게 더 빨리 간다.

나에게 행복이란 여유 있는 삶이다. 일상의 행복이라는 무수한 점을 이어 내가 갈망하는 목표까지 선을 연결해, 아름다운 그림을 그리고 싶다. 경제적 여유는 삶을 풍요롭게 하고, 정신적인 여유는 나를 생기 있게 만들어 행복감을 느끼게 한다. 여유 있는 삶은 행복한 나를 위한 필요충분조건이다. 실력 있는 정원사가 아름다운 정원을 가꾸듯 내 일상을 정성껏 잘라내고 다듬고 덧붙인다. 이제 편안한 의자에 앉아 행복한 일상의 여유를 즐겨본다.

제3장
체크리스트

---

1. 지금 자신에게 가장 중요한 것이 있다면 무엇인가요?

2. 그 일은 나에게 어떤 의미인가요?

3. 그것을 이루기 위해 지금 당장 할 수 있는 것이 있다면 무엇인가요?

4. 어떤 방법으로 그 일을 진행해 나갈 수 있을까요?

5. 그 중요한 것을 유지하기 위해서 현재 나에게 필요한 것은 무엇인가요?

만족스러운 삶을 위한 변화는 자기 이해에서 출발한다

박혜진

1

나를 돌보는 사람은 나,
글로 풀어보다

"책을 쓰기로 결심한 사람은 지금과는
다른 삶을 살기로 결심한 사람이다."
-『책 쓰기는 애쓰기다』 유영만

어떻게 하면 자신을 표현하고 생각을 드러내는 글을
잘 쓸 수 있을까?

5년 전쯤 처음으로 글쓰기 수업을 접하게 되었다. 당시 구렁텅이에 빠져 있다는 생각뿐이었다. 고등학생, 중학생과 세 살 막내를 챙기면서 40대 중반에 들어섰다. 사춘기를 지나고 있는 두 아이는 정신적으로 부모에게서 독립해 나가려는 몸부림을 치고 있었다. 나는 막내를 먹이고 재우고 돌보는 기초적인 육아에서 기쁨을 느꼈지만 공허함도 커갔다.

남편은 직장에서 사회적인 지위와 영향력을 키워 가는데 나는 아무리 정성을 들이고 최선을 다해도 제자리 걸음은 커녕 퇴보하는 기분이었다. 자립을 향해 커가는 아이들을 보면서 내 역할도 혼란스러웠고 무엇을 원하는지, 어떤 삶을 살고 싶은지, 나사가 하나씩 빠져서 해체되는 듯했다. 공허함은 무력감과 함께 나를 벼랑 끝으로 내몰았다.

그즈음 아이 친구네 가족이 동반 자살하는 사건이 있었다. 주변에서는 뭐가 부족해서 그랬냐는 반응을 보였고, 어린 자녀들을 안타까워하며 이해할 수 없는 선택이라고 했다. 그 집 엄마도 유쾌한 목소리와 장난기 어린 미소 뒤에 꺼내 놓을 수 없는 고민과 갈등을 숨기고 있었다는 게 마음을 아프게 했다. 마음속에서 알 수 없는 스위치가 켜졌고 나를 움직이게 했다. 또 다른 내가 작지만 강한 목소리로 외쳤다. "더는 이렇게 살 수 없어!" 그때는 몰랐지만, 나는 다르게 살기로 결심했고 글쓰기를 하면서부터 모든 게 바뀌기 시작했다.

액션 페이킹(action faking)은 그만! 액션 테이킹(action taking)을 한다

액션 페이킹이란 '목표를 달성하기 위해 해야 하는 본질적인 일 대신 관련 있는 비슷한 일을 하여 거짓 만족감을 느끼는 것'이다. 자신을 기만하는 미루기 행동이다. 즉, 실제 목표를 위해 해야 하는 것보다 힘들지는 않지만, 단기간에 실제 행동을 했을 때와 비슷하게 만족감을 느끼게 되니, 뇌가 하자는 대로 편한 쪽으로 따르는 것이다. 예를 들면, 공부나 과제를 해야 하는데 피하려고 대신 공부하는 방법에 관한 영상을 찾아본다. 또는 마감 시간을 앞두고 방이나 책상 청소, 냉장고 정리를 시작한다. 이렇게 깨끗해지고 정리된 모습을 보면서 반은 끝낸 기분이 든다.

나는 작년에 책을 쓰기로 마음먹고 나서 목차대로 쓰는 대신 다른 주제의 글들을 쓰면서 액션 페이킹을 하고 있었다. 책 쓰기 주제에 맞는 글을 쓰는 것은 너무 어렵고 부담이 컸기 때문에 차라리 다른 글을 써 내려가고, 블로그에 글도 쓰면서 내 할 일을 해내고 있다는 환상을 만들었다. 그러한 상황을 멈추게 하는 방법은 아주 간단했다. 바로 공동 저술을 하게 된 것이다. 책 쓰기는 나에게 맞지 않는 것이라는 생각에 설득당하고 있던 시점에 공동 집필 제안이 들어와서 받아들였다. 액션 테이킹이었다.

10분 메모로 시작한 글쓰기로
"나"를 알아가는 자서전 쓰기까지

나 자신이 돌봄의 주체가 되기로 했다. 부모나 남편, 자녀에게 기대지 않고 내가 필요한 돌봄을 스스로 제공하는 연습이었다. 도서관에서 열린 '서평 쓰기' 수업을 통해 알게 된 이윤영 작가가 운영하는 10분 메모 쓰기 프로그램에 참여했다. 100일 메모 쓰기, 한 달 메모 쓰기 반에 합류하여 전국에 있는 글 벗들과 글을 쓰고 나누기 시작했다. 글감은 생활 속에서 관찰을 통해 찾아냈고, 관찰하며 오감으로 느낀 것과 생각한 것을 한 줄 한 줄 써 내려갔다. 우연히 떠오른 옛 기억들과 차마 건드리지 못하고 간직했던 불편한 생각들을 양파 껍질 벗기듯 눈물과 함께 한 꺼풀씩 조심스레 들추었다.

어떤 날은 10분 쓰기가 한 시간 쓰기가 되기도 하고, 한 문단 정도 거뜬히 쓸 시간에 한 문장조차 단어를 배열하기 힘든 날도 있었다. 어휘력이 턱없이 부족하다는 생각이 들 때면 자괴감에 빠지기도 했다. 여럿이 글을 나누다 보면 책 얘기도 하게 되고, 영화나 드라마도 추천받으니 내가 경험할 수 있는 범위 이상의 세계로 확장해 나갈 수 있었다. 추천받은 책을 읽다가 좋은 문장을 옮겨 적기도 했고, 책을 소개하는 글을 써 보기도 했다.

코로나19 사태 2년 차 때 많은 기관에서 온라인 강의를 다양하게 제공했다. 그중 '지혜학교 자서전 쓰기'라는 프로그램에 참여하게 되었다. 내가 만난 선생님은 적재적소의 소설, 시, 논평, 영화와 음악 자료뿐만 아니라 정확한 질문과 과제를 준비해 주는 열정으로 12주 수업을 구성하였다. 다양한 연령대의 글 벗 일곱 명이 각자의 삶을 돌아보며 최초의 기억부터 마지막 순간에 남기고 싶은 말까지 써 보았다. 분량으로 보나 내용으로 보나, 엄밀히 말하자면 '자서전'은 아니었지만, 지나온 삶을 글로 정리하면서 기억 속 느낌과 해석을 재조명하는 계기가 되었다.

다독하는 사람들은 많지만, 글을 쓰는 사람은 생각보다 적다. 읽으면서 느끼는 것으로도 충분하다고 생각하는데 그렇지 않다. 『당신이 누구인지 책으로 증명하라』에서 한근태 교수는 "책 읽기와 글짓기는 서로 물고 물리는 관계다."라고 했고, "읽기만 하고 쓰지 않으면 안 읽은 것만 못하다."고 유영만 교수는 덧붙였다. 동감하는 독서와 달리 질문을 던지며 나의 언어로 생각과 느낌을 쓰면서 읽다 보니, 자동적이고 반복적인 사고 패턴에서 벗어나게 되고 나라는 사람이 더 이상 '당연'하지 않았다.

글쓰기로 내가 원하는 것 찾아내기

『코끼리는 생각하지 마』의 저자 조지 레이코프(George Lakoff)는 정치 담론의 프레임 구성에 대한 주장을 한 인지언어학의 창시자이다. 그는 프레임을 바꾸지 못하면 끌려가게 되니, 자신에게 유리한 프레임을 만들어 이끌어가라고 제안했다. 생각하지 말라고 해도 코끼리를 떠올리게 되는 것처럼 나를 변화시킬 새로운 프레임이 필요했다.

내가 원하는 것은 나만이 안다. 나는 NVC(비폭력대화)에 기반을 둔 사고의 틀을 가지고 글을 쓰면서 '나'를 더 잘 이해하도록 노력하고 있다. 남에게 책임을 전가하지 않고 가지고 있는 자원을 어떻게 하면 잘 활용할 수 있는지 내 안에서 찾아보고자 했다. 스티브 잡스는 2005년 스탠퍼드 대학교 졸업식 축사에서 말했다. "타인의 머릿속에서 나오는 잡음에 내 내면의 소리가 묻히게 놔두지 마세요. 가장 중요한 건 본인의 마음과 직관을 따르는 용기입니다.

정답은 여러분의 가슴 깊은 곳에 이미 놓여 있습니다."

그동안 글을 쓰며 내가 어떤 사람인지, 무엇을 원하는지를 조금씩 알아 왔다. 변화는 더디다. 나다움을 통해 내 삶을 풍성하게 하고 나와 연결된 사람들, 이 책으로 연결될 사람들의 삶도 풍요로워지면 좋겠다. 글을 잘 쓰는 것과 못 쓰는 것의 문제가 아니다. 쓰느냐 안 쓰느냐의 문제이다.

기록하라, 기록하라, 기록하라

쓸데없는 글쓰기를 해 왔다고 했지만, 글 조각들을 쓰는 과정에서 내가 무엇을 원하는지, 무엇을 잘하는지, 무엇을 좋아하는지 조금씩 풀어가고 있다. 글쓰기는 헛되지 않다. 메모하다 보면 머릿속에서만 맴돌 때와는 달리 연결점들이 생긴다. 싫어하는 것, 못하는 것에 대한 고민이 더 커지고, 긁적이는 동안 필요한 게 뭔지 명료해지곤 한다.

단순한 기록으로 그치면 충분하지 않다. 기록이 나에게 어떤 의미가 있는지 고민하고 의미 부여를 할 수 있어야 한다. 나에게 원동력이 되는 것이 무엇인지 적극적으로 찾고, 그 순간을 관찰하고 포착한다. 알아감으로써 나의 필요가 채워질 순간을 직관적으로 알게 된다. 독자여, 그대에게는 무엇이 중요한가? 무엇에 의미를 두는가? 만족을 느끼는 순간은 언제인가? 무엇에서 만족을 느끼는가? 적어보길 권한다.

2

나만의 시간은 새벽이다

"시간이 모든 것을 말해준다.
시간은 묻지 않았는데도 말을 해 주는 수다쟁이이다."

-에우리피데스

코로나19로 변화를 맞이하다

요즘 2030 젊은 세대 가운데 새벽 시간을 활용하는 사람들이 많아졌다. 책을 읽거나 블로그 등 SNS 관리를 하고, 건강을 위해 명상과 운동을 하기도 한다. 한 기사에 나온 인터뷰 내용에 따르면, 이들의 미라클 모닝 참여율이 다른 세대에 비해 월등하게 높다고 한다. 그 이유는 노력이라는 사회적인 기준을 충족하기보다 자신을 스스로 돌보기 위함이란다. 힐링과 욜로(YOLO, You Only Live Once의 약자)를 추구하는 삶의 연장선상에서 이해할 수 있다. 이러한 추세는 코로나 시국을 맞으며 가속화되었고 나에게도 영향을 미쳤다.

나는 글을 쓰고 정리하기 위한 시간을 확보하고 싶었다. 감상문도 제대로 쓸 줄 몰랐던 내가 5년 전 처음으로 도서관에서 제공하는 서평 쓰기 특강에서 만난 작가님의 지도로 '나만의 시간'을 확보하는 법을 접했다. 일주일 시간표를 놓고 글쓰기에 쓸 수 있는 시간을 찾아 알람을 설정해 놓았다.

예를 들어 막내가 하원 하기 직전인 오후 2시에서 3시 반으로 고정해 두었다. 물론 일이 생겨 그 시간을 못 쓸 때도 있었지만, 알람이 울리면 글쓰기 시간으로 활용하려고 노력했다. 코로나로 인해 가족 모두가 집에 있는 상황에서 삼시 세끼를 준비하다 보니 그 시간을 지키는 게 불가능했다. 글쓰기는커녕 규칙적으로 책을 읽거나 운동을 하는 것도 불가능했다. 그때 다시 떠오른 게 새벽 시간 활용이다.

밤이냐 새벽이냐, 그것이 문제로다

나는 밤늦게 느끼는 고요함을 좋아했다. 모두가 잘 때 감도는 정적 속에 혼자 있을 때 나 자신에게 집중할 수 있기 때문이다. 그 시간을 즐기며 하고 싶은 것을 하는데, 글쓰기보다는 정리나 책 읽기 등을 하게 되었다. 문제는 다른 가족의 취침 시간이 늦어져서 그전에 내가 잠이 들기 일쑤였다. 밤을 고수하던 많은 올빼미족이 새벽 시간을 활용하며 변화와 성장을 경험했다면 분명히 이유가 있을 것 같았다. 2030 MZ세대가 아닌 X세대라고 못할 게 뭐 있겠는가. 낮에 확보해 두었던 시간을 더는 활용할 수 없게 되니 남는 건 새벽밖에 없었다.

성경 첫 장 천지창조 하는 부분을 보면, 하루가 전날 저녁에 시작한다고 기록되어 있다. "저녁이 되고 아침이 되니 이는 첫째 날이니라." 나도 하루를 전날 저녁에 시작한다는 생각으로 계획을 다시 짰다. 새벽 5시에 일어나기 위해 11시에 자기로 하고 10시 전에 취침 준비를 끝내도록 했다.

욕심은 금물

내가 쓸 수 있는 새벽 시간은 대략 한 시간 반에서 두 시간 정도였다. 처음에는 새벽에 하고 싶은 모든 것을 넣었다. 운동, 명상, 책 읽기, 글쓰기, 체력을 다지기 위해 인터벌 조깅 30분을 하기로 했는데, 준비와 마무리 시간까지 합해서 거의 50분이 걸렸다. 그러다 보니 5분 명상을 하고 10분 필사를 하면 실제로 글을 쓰기 위해 남는 시간이 20분에서 40분 정도였다. 길어 보이던 시간이 총알처럼 지나가서 글쓰기를 중단해야 했다.

새벽 시간을 확보했다는 즐거움만으로 이것저것 넣다 보니 초 재기를 하면서 새벽 시간을 쓰고 있었다. 1분 1초가 소중했고, 마음먹은 것을 다 실행하려다 보니 새벽에서 아침으로 이어지는 두세 시간이 전쟁 같았다. 이렇게 새벽에 에너지를 많이 쓰고 나니 종일 피곤했다. 새벽에 못 읽은 책을 낮에 읽으려니 피로가 풀리지 않아서 집중하기 힘들었다. 낮잠을 자는 날도 있었지만, 낮에 막내와 시간을 보내면서 책을 읽어 주거나 놀아 주다가도 졸기 일쑤였다. 양적으로는 길어도 질적으로는 만족스럽지 못했다.

내가 찾은 솔루션: 시간대별로 우선순위 정하기

새벽에 쓰기 시작한 글을 마무리하지 못하면 종일 붙들고 있게 되었는데, 그러다 보니 시급한 일, 중요한 일들을 제대로 못 하는 상황이 발생했다. 그래서 하루를 네 구간으로 나누었다. 새벽, 낮, 저녁, 밤으로 나누고 각 시간대에 가장 중요한 활동 '주제'를 정해 놓았다.

새벽: 글쓰기, 한자 한 문장
낮:　 가정 돌보기 & 일
저녁: 독서/강의 & 가족과 대화
밤:　 인증 체크 & 일찍 자기

『시간 관리 7가지 법칙』의 저자는 시간을 잘 쓰기 위해 일곱 가지 법칙이 있다고 한다. 1. 능동적으로 생각한다. 2. 그 자리에서 바로 실행한다. 3. 일할 때 쓸데없는 말을 삼간다. 4. 효율적으로 일한다. 5. 매일 확인하는 시간을 갖는다. 6. 정해진 일은 반드시 처리한다. 7. 데드라인을 정한다. 이 법칙 중 해볼 만한 것은 '매일 확인하는 시간을 갖는 것'과 '데드라인을 정하기'였다. 자기 전에 체크리스트 인증을 하고, 마감 시간을 정해 놓고 무조건 그때까지 끝내보려고 밀어붙이고 나니 꽤 큰 성취감을 맛보았다.

주말 새벽, 최적의 몰입 시간이다

몰입(flow)의 개념을 처음 도입한 긍정심리학자 미하이 칙센트미하이는 이렇게 정의한다. "행위에 깊게 몰입하여 시간의 흐름이나 공간, 더 나아가서는 자신에 대한 생각까지도 잊어버리게 될 때를 일컫는 심리적인 상태이다." 칙센트미하이가 말하는 몰입의 경지에서는 시공간 등에 대한 감각이 사라져서 순간이라고 여겼던 시간이 아주 많이 흘러가 있었거나, 반대로 무척 길다고 느꼈던 시간이 몇 초에 불과할 때도 있다는 것이다.

펜싱 국가대표 박상영 선수는 『금메달리스트의 메모의 이유』에서 역전승을 하게 한 마지막 5초 동안 시간이 늘어나 모든 동작이 슬로우 모션으로 느리게 펼쳐지고 아주 또렷하게 보이는 몰입을 경험했다고 했다. 『최후의 몰입』에도 올림픽 국가대표 선수와 감독 36명이 결정적인 순간에 최고의 성취를 끌어낸 몰입의 힘에 대해 비슷한 경험을 했다고 기술해 놓았다.

무엇이 몰입을 가능하게 할까? 일련의 의식(ritual)도 필요하지만, 규칙적인 패턴과 꾸준한 훈련의 시간이 필요하다. 『유럽의 그림책 작가들에게 묻다』에 소개된 유명한 작가들은 공통된 습관이 있었다. 창의성에 앞서 아침부터 저녁까지 작업실을 지키며 회사원처럼 '근무 시간'을 지키는 것이었다. 베스트셀러 작가로 알려진 스티븐 킹도 『유혹하는 글쓰기』에서 글이 잘 써지든 안 써지든 간에 매일 아침부터 점심때까지 일정 시간 글을 쓴다고 했다. 스페인의 3대 화가 중 하나로 알려진 후안 미로 또한 농부처럼 그림을 그렸다고 하며, 별일이 없는 한 주말이고 공휴일 없이 평생 매일같이 8시간 이상 그림을 그렸다고 했다.

나는 안 되는 날들 가운데에 할 수 있다는 가능성을 경험했고, 머릿속에서 시간이 '공간처럼 보이는' 상태를 경험했다. 먹어본 사람이 맛을 안다고 하는데, 그러한 순간을 맛보고 나니 다시 경험해 보고 싶은 간절함이 생겼다. 새벽에 일어나야 '한다'는 의무감이 아니라 일어날 '이유'가 생겼다.

시간에 쫓기거나 몰입을 맛보고 싶다면 주말 새벽을 경험해 보길 추천한다. 주말 새벽은 최고의 시간이다. 등교나 출근 압박이 없는 새벽 시간은 하고 싶은 것, 좋아하는 것을 하기 위한 놀이 시간으로 확보해 놓기에 최적의 시간이다. 별일 없으면 규칙적으로 사용할 수 있는 시간이기도 하다. 규칙적인 시간 속에서 우리는 활동에 집중하게 되고 몰입하기가 좋다. 몰입을 경험하면 그 시간은 더는 이차원적인 선이 아니라 입체적인 형태를 띠게 된다.

3

나만의 공간,
어디에 만들어 볼까?

"네가 지금 어디에 있는지 생각하는 대신,
가장 어디에 있고 싶은지 생각하라."

― 빈스 롬바디

나만의 방이 필요해

요즘 엄마들을 대상으로 하는 힐링 프로그램이나 주제를 언급할 때 '19호실'이라는 말이 종종 눈에 띈다. 20세기 초반 영국 작가 도리스 레싱의 단편 『19호실』에서 빌려온 말이다. 한 여성이 가족을 돌보느라 자신의 공간이 필요함을 느끼고 다락방에 공간을 만들어 보지만, 결국 다시 아이들이 드나드는 곳이 되어 버리자 시내에 허름한 호텔 방 하나를 빌려 낮을 보낸다. 거기서 딱히 하는 것은 없다. 그저 창가에 앉아서 밖을 내다보며 자기의 정체성을 찾아간다는 내용이다.

버지니아 울프의 책 제목 『자기만의 방』처럼 '나만의 방'의 필요성에 대한 고민이 늘고 있다. 이 책에서 울프는 여성이 픽션을 쓰기 위해서는 돈과 자기만의 방이 있어야 한다는 결론과 함께 여성의 지위와 권리에 대해 여성 작가들의 사례를 들어가며 말했다. 나 또한 나의 공간을 고민하게 된 계기가 있었다. 최적의 공간을 찾기 위해 공간의 조건이 뭘까 자문하게 되었다.

공간 분리하기: 나만의 공간, 환경을 만들어라

글쓰기 모임을 가거나 자아 찾기 프로그램에서 강조하는 것 중 하나는 나만의 공간을 만들라는 것이다. 규칙적인 시간을 확보하고 안정적인 공간을 정해야 습관들이기가 좋고 루틴이 된다. 『오늘도 책상으로 출근한다』라는 책 제목만 봐도 고개를 끄덕이는 걸 보면 아무리 작더라도 나만의 공간이 필요하다. 처음 도서관에서 시작한 메모 쓰기 수업에서 강사님이 강조한 것도 절대 시간과 아지트를 마련하라는 것이었다.

메모 수업을 통해 글쓰기를 하는 동안 나는 낮에 글쓰기 절대 시간을 설정했다. 막내가 어린이집에 가 있는 동안 도서관에 가서 책을 보고 짧게나마 글도 썼다. 때로는 근처에 있는 카페에서 정신없이 메모하기도 했다. 아이가 놀이터에서 노는 동안 힐끔힐끔 곁눈질로 아이를 살피면서 순간순간 떠오르는 생각과 느낌을 노트에 끄적이거나 앱에 옮겼다.

저녁 시간에도 '절대 시간' 알람을 설정해 놓고 부엌에 있는 시간을 줄여 보고자 했다. 알람이 울리기 전에 마무리하고 책상에 앉아 글을 쓰거나 독서, 필사를 하자고 다짐했다. 그렇지만 그 시간을 줄이기란 계획이나 의지만큼 쉽지 않았다. 여전히 알람을 설정해 놓았지만, 이제는 아이들이 알아서 꺼주는 친절함을 베푼다. 19호실 주인공처럼 다락방을 벗어나야 했다. 새벽 시간을 활용하자고 마음을 먹고 나니 사용할 수 있는 집 안의 공간이 눈에 들어오기 시작했다.

물리적인 공간으로 한정 짓지 않기

건축가 유현준은 『공간의 미래』에서 코로나19로 인해 삶의 모습이 그 전과 후에 달라졌어도 근본적인 욕구 충족은 계속해 왔다고 했다. 인간은 신체가 있기에 오감으로 만나고 직접적인 접촉을 피해야 하는 환경 속에서도 권력을 행사하는 것과 같은 본능적인 욕구를 꾸준히 채워 왔다. 다만 기술 발달, 기후 변화, 전염병과 같은 환경적인 변수들에 따라 추구하는 방법이 달라졌고, 그에 발맞추어 공간의 개념도 해체되고 새로 구성된다고 했다.

코로나로 인해 재택근무, 재택 수업이 늘어나서 제한적인 공간 안에 온 가족이 함께 머물러야 하는 상황은 사람들에게 돌파구를 찾게 했다. 나에게는 블로그와 줌을 통해 이어지는 독서 모임들, 그리고 여러 온라인 커뮤니티가 그것이다. 대면으로 하던 강의가 온라인으로 전환되어 시간이 허락하는 한 다른 지역의 도서관이나 전문가의 특강을 마음껏 들을 수 있었다. 독서 모임은 외출 준비를 하거나 이동 시간을 따질 필요가 없었고, 초등학생 막내도 챙겨가면서 할 수 있어서 더 안정된 상태로 참여할 수 있었다. 자료 공유도 용이해서 시간을 쪼개 쓰는 나로서는 새로운 시대가 열린 기분이었다.

여러 모임을 사이버 공간에서 하다 보니 그 공간에 친숙해지기 시작했다. 강은영 작가가 리드하는 똑녀똑남(똑똑하고 여유롭게 똑똑하고 남다르게) 새벽 루틴 모임도 온전히 온라인 모임이었지만, 매일 함께 인증하고 소식을 나누다 보니 마치 오래된 친구처럼 친숙해져 있었다. 대면 모임 규제가 완화되었을 때 만나게 되니 어색해하기는커녕 친한 친구처럼 깊이 있는 대화를 이어 나갈 수 있었다.

'공간'의 재정의: 공간은 유기적인 생명체

나에게 공간이란 어떤 의미인가? 물리적이든, 가상의 세계에서든 어떤 교류와 소통을 원하는가? 나는 통화나 문자를 지양하고 물리적인 공간에서 이루어지는 직접적인 만남을 고집했는데, 코로나19는 삶의 공간을 바꾸어 놓았고, 바뀐 공간은 내 생각도 바꿔 놓았다.

유현준 작가는 "급변하는 사회에서 우리는 오프라인 공간과 온라인 공간 두 세계에서 '권력은 더 분산되고, 사람끼리의 융합은 늘어나는 공간체계'를 만들어 줘야 한다."라고 했다. 이처럼 온라인 공간에서 자유를 느끼게 되면서 한쪽으로 치우쳐 버리는 것이 아니라 더욱더 다양한 형태의 만남과 공간 활용의 가능성을 열어두게 되었다.

나에게 공간은 유기적인 생명체이다. 함께 호흡하며 끊임없이 새로운 곳이면서도 안전하게 나다움을 펼쳐갈 수 있는 곳이다. 내가 성장하고 변화할 때 함께 변하고 자극을 주기도 하며 동시에 안전하고 편안함을 느낄 수 있는 곳이면 된다. 우연히 만나는 공간들은 새로운 관계와 경험을 만들어 갈 아지트가 될 수 있다. 공간도 함께 진화한다.

블로그는 마음대로 꾸미고 정리를 할 수 있는 곳이라서 가꾸어가기 좋은 공간이다. 이웃들을 늘려가며, 원하는 만큼 그들과 소통하며 필요한 정보를 나누고 소식을 주고받을 수 있어서 좋다. 비공개 글을 쓰면서 나의 고민이나 생각을 적어가는 공간으로 쓸 수도 있다. 로그인하면 부채를 펼치듯 넓은 세상이 나오고 필요한 만큼 활용할 수 있다. 온라인 카페와 커뮤니티도 물리적인 시공간의 제약을 받지 않고 활동할 수 있다. 나만의 공간은 매일 확장 중이다. 내가 좋아하는 공간에 대한 이해가 생기면서 고민도 줄어들고 만족도도 높아졌다. 당신에게 공간은 어떤 모습인가? 어떤 의미인가?

4

질문하라!
성장과 변화가 뒤따른다

> "삶을 사는 데는 단 두 가지 방법이 있다.
> 하나는 기적이 전혀 없다고 여기는 것이고,
> 또 다른 하나는 모든 것이 기적이라고 여기는 방식이다."
> -아인슈타인

나쁜 질문은 없다

질문을 할 줄 모르던 나였다. 어렸을 때부터 국내와 해외를 오가며 살면서 낯선 환경에 계속 노출이 되었는데, 불분명하고 이해할 수 없는 상황을 어떻게 받아들여야 할지 혼란스러웠던 것 같다. 유용했을 '질문'이라는 도구의 사용법을 몰라서 무엇을 어떻게 물어봐야 할지, 물어봐도 되는지조차 판단할 줄 몰랐다. 내가 알고 싶은 것에 대해서는 물어보기에 앞서 고민했고, 무엇을 질문해야 할지 몰랐고, 뻔한 질문일까 봐 망설였다. 프랑스에서 초등학교 시절을 보냈지만, 한국적인 문화의 가정에서 내 의견이나 생각을 자유롭게 말하기 어려웠고 질문을 하지 않는 분위기였다. '잘못' 말하거나 질문을 했다가 머쓱해지기도 했다.

나는 눈치로 배운 일정한 틀 안에서 '좋은' 질문을 해야 한다는 교육을 받아왔고, 그 범주 안에 들지 못하는 질문들은 '쓸데없는', '바보 같은', '그딴' 같은 수식어가 붙는 것을 경험했다. 하지만 『부모라면 유대인처럼 하브루타로 교육하라』의 저자는 "좋은 질문, 나쁜 질문은 없다."라고 했다.

한 문장을 놓고 30개 이상의 질문을 만들어 보여주니 다양하고 폭넓은 질문을 할 수도 있고, 해도 괜찮다는 걸 알게 되었다. 생각지 못한 것도 있지만 너무 뻔한 것도 있다. 이 중에 '나쁜' 질문은 하나도 없다. 질문의 적절성은 질문의 좋고 나쁨에 있지 않다. 상대방의 말에서 키워드를 찾아내는 역량에 있다고 생각한다. 그렇다면 그러한 역량은 어떻게 키울 것인가? 질문하라! 문제는 질문이 없다는 것이다. 질문이 특별하거나 세련되어야만 효과가 있는 것은 아니다.

나의 첫 질문: 나는 어떤 사람인가?

결혼 전에는 부모와의 관계 속에서 질문을 하지 않아도 불편하지 않았다. 결혼하고 아이들을 키우는 과정에서 사정이 달라졌다. 저 사람은 무슨 생각을 할까? 저 아이는 어떤 생각일까? 나의 짐작만으로는 빗나간 예측을 하게 되었고, 그로 인해 오해가 쌓였다.

설명할 기회를 찾지 못하고 있었다. 혹시나 듣고 싶지 않은 걸 듣게 될까 봐 두렵기도 했다. 스스로 솔직해지려니 질문에 답을 해야 했다. 질문하거나 부탁할 때 거절에 대한 두려움으로 용기를 내지 못했었다. NVC(비폭력대화)를 연습하면서 거절은 나를 거절하는 게 아니라 나의 부탁을 거절하는 것이고, 거절하는 이유는 상대가 다른 욕구를 충족하고 싶어서라는 걸 알게 되었다.

예를 들어 만나자고 하는데 거절을 했다 치자. 나를 만나기 싫어서라기보다 시간이나 여건이 맞지 않아서, 컨디션이 좋지 않아서, 선약이 있어서, 다른 계획이 있어서, 쉬고 싶어서, 아파서 등등 상대에게 더 중요한 다른 이유가 있다는 뜻이다. 휴식이 필요하거나, 다른 사람과의 신뢰를 지키고 싶거나, 자기 돌봄의 욕구를 채우기 위해서일 수도 있다. 거절을 듣고 실망하거나 화가 나는 건 나의 부탁이 강요였기 때문이다. 거절할 권리를 인정하지 않을 때 두려움은 분노가 되기도 한다. 질문을 통해 나는 자신과 타인을 깊이 이해하는 시도를 하고 있다.

어떻게 질문할까? 열린 질문, 중립 질문, 긍정 질문하기

질문을 잘하고 싶은 마음이 있기에 오히려 시도조차 못 하는 상황이 생긴다. 첫걸음은 '일단 하는 것'이다. 내 의견을 말하기 전에 "너는 어떻게 생각해?"를 가장 많이 쓰게 되었다. 아직 연습 중이지만, 예상했던 답이 아니거나 선입견을 강화하는 답일 때는 받아들이기가 여전히 힘들다. 서툴지만 하다 보니 요령이 생겼다. 일상에서 활용할 수 있는 간단한 질문법 세 가지를 소개하겠다.

질문할 때는 키워드를 파악하여 되물어 본다. 내가 키워드라고 생각했던 것이 상대의 요점이 아닐 수도 있다. 질문이기 때문에 상대는 '그게 아니라'라고 하면서 하고자 하는 말을 이어갈 수가 있고 대화의 의도를 파악하기가 좋다.

1) 닫힌 질문 vs. 열린 질문
"책 읽었어?" vs. "어떤 책 읽었어?" (생각하게 하는 질문)
"숙제 다 했어?" vs. "무슨 숙제 했어?"

열린 질문은 문장을 구성하는 육하원칙이나 영어의 5W1H 질문을 떠올리면 쉽게 이해할 수 있다. '네, 아니요.'로만 답하는 질문이 아니라 생각을 말하게 하는 질문이다. 이때 주의해야 할 것은 정답을 미리 정해 놓은 유도 질문이 되지 않도록 하는 것이다. 시비가 없는 질문을 해본다.

2) 유도 질문 vs. 중립 질문
"지금 상황에서 뭘 잘못했다고 생각해?" vs.
"지금 상황이 얼마나 좋은 상황인가?" "지금 상황에서 어떤 생각이 드니?"

앞의 질문은 이미 '잘못했다'는 전제가 깔린 질문이라서 대화가 이어지기 쉽지 않다. 또는 '좋은 상황'이라고 유도하지 않아야 자유로운 의사 표현이 가능하다. 유도 질문에 익숙한 사람들은 중립 질문이라도 의도하는 바가 있다고 생각하기 때문에 신뢰 관계가 회복되어 충분히 안심할 수 있어야 한다. (다행히 '충분히'가 생각보다 그리 오래 걸리지 않을 수 있다!)

마지막으로 중립 질문이라도 부정 긍정의 형태는 행동 방향에 중대한 영향을 미친다는 점에 주의해야 한다.

3) 부정 질문 vs. 긍정 질문

"또 잘못하지 않기 위해서는?" vs. "다음에 잘하기 위해서는?"

"다음에 지각 안 하려면?" vs. "다음에 일찍 도착하려면?"

"다음에 다이어트 실패 안 하려면?" vs. "다음에 성공하려면 어떤 것을 해야 할까?"

부정 질문은 과거 실패를 분석하고 해석하는 데에 그치게 되고 안 하는 것에 집중하게 된다. 사람은 안 한다고 하지만 반드시 어떤 것을 하고는 있다. 예를 들면 '다이어트 중에 밤 9시 이후에 안 먹는다.'는 것은 '안 먹는 것'이 아니라 9시 이후에 안 먹기를 '하는' 것이다.

질문이 바꾼 것

나는 질문을 하면서부터 상대의 핵심 메시지에 초점을 맞추게 되었다. 상대가 하고자 하는 말이 무엇인지 키워드를 찾고자 노력하다 보니 예전보다는 잘 듣게 되었다. 내 의도를 뺀 중립 질문을 통해 서로의 생각을 나누는 대화로 이어가고 나 자신을 더 깊이 이해하게 되었다. 나의 강점, 약점, 불편해하는 것, 두려운 지점, 하고 싶은 것을 조금씩 파악하게 되니 내가 처한 상황에서 만족도를 높이는 방법을 모색하게 되었다.

잘 듣는 것이 공감의 첫 단계이다. 잘 듣고 있음을 알릴 수 있는 게 질문이다. 열린 질문 ('네, 아니요.'로 답할 수 있는 게 아님)으로 남의 얘기를 잘 들어 주는 것도 좋지만, 내 안의 목소리를 잘 들어 주는 것이 더 중요하다. 심리학자 아들러에 의하면 인간의 마음은 보편적이다. 내 마음의 길을 따라가다 보면 남의 마음으로 연결이 되는 길을 찾을 수 있다. 잘 듣는 방법으로 오늘도 나는 질문하기를 연습하고 있다.

팁: 질문을 미리 만들어 보는 것도 좋은 연습이다.

5

NVC(비폭력대화)와
그림책으로 마음속 길 찾아가기

"언제나 현재에 집중할 수 있다면 행복할 것이다."

-파울로 코엘료

"나는 어떤 사람이지? 뭘 좋아하고 싫어하지? 어떤 상황이 왜 특별히 더 자극되지?"

사춘기 아이들과의 관계에서 갈등이 생기고, 늦둥이 막내의 육아가 힘들어질 때 경력이 단절되었다는 데에서 비롯되는 좌절감이 커갔다. 경력이 단절되면서 사회 활동도 제한이 되었고, 경제력도 '없다.'라는 생각에 위축되었다. 위축된 상태에서 자녀와 소통이 잘 되지 않았고, 소통이 잘 안되니 소심해지면서 자존감이 떨어졌다. 그러다 보니 나에 대한 실망이 커졌고, 다시 위축되는 악순환의 고리를 만들었다.

이렇게 살다가는 죽겠다는 생각이 들어 비밀리에 도움받을 데를 찾아봤지만, 어디에도 없었다. 개인 심리 상담을 하는 데는 기약 없는 횟수에 감당할 수 없는 비용이라 엄두도 못 냈고, 아는 사람들에게 고민을 털어놓을까 생각해 보았지만, 마음을 접었다. "아이고 힘들겠다." "그 녀석들 왜 그럴까?" "그래도 그 정도면 고민도 아니야." "다들 겪는 거야." "시간이 해결해 주더라, 조금만 참아" "나도 그래." 이런 반응을 듣는 건 위안이 되기는커녕 나에게 문제가 있는 게 확실하다는 인상을 심어 주었다.

돌보는 주체는 나: 비폭력대화로 사고의 틀을 바꾸다

외교관이던 아버지를 따라 해외 생활을 오래 하면서 어린 시절부터 보호를 많이 받고 자랐다. 혼자 웬만한 곳을 다녔을 시기에도 가족이나 어른과 동행한 적이 많았고, 진학이나 진로 고민도 크게 하지 않았다. 취직도 해보았지만, 절박함이나 경제적 자립이라는 목표가 없었기 때문에 용돈 정도를 벌 수 있는 과외 수업 같은 '일자리'만 찾았다. 결혼 후에는 부모의 품을 떠나 남편이라는 울타리 안으로 자리를 옮겼다. 자녀로서 부모에게 당당하게 요구했던 보호와 거리두기는 남편과의 관계에서는 통하지 않았다. 부모에게서 받던 보살핌을 서로에게 기대했고, 우리는 기대의 충돌을 다루는 데에 서툴렀다.

우연히 『아이는 사춘기, 엄마는 성장기』를 통해 비폭력대화 (NVC, Non Violent Communication)를 알게 되었다. 저자는 비폭력대화로 자신의 마음도 알아가고 아이와 관계를 회복했을 뿐만 아니라 진정한 연결을 통해 '찐'소통을 하게 되었다. 이 책은 저자가 고3 아들과 함께 쓴 책이다. 어떻게 책을 함께 쓸 정도로 친해지지? 너무 궁금하고 부러워서 이 대화법을 배우고 싶다는 생각이 간절해졌다. 덕분에 온라인으로 교사 대상 교육 과정을 듣고 센터에 가서 단계별로 차근차근 배워나갔다. 생각과 감정 사이의 공간을 만들고 감정을 관찰하는 법을 알게 되니 훨씬 마음이 안정되었고, 조절되지 않던 분노나 공격적이고 파괴적인 생각과 감정을 알아차리게 되어 감사했다.

비폭력대화는 인간의 공통적인 욕구를 기반으로 자신 또는 상대와 연결하여 풍요로운 삶을 사는 것을 목표로 하는 소통 방법이다. NVC를 배워보니 느낌이라고 여겼던 원망, 책임감, 부당함, 수치심이나 죄책감이 대개 생각(판단)이었고, 그러한 생각들이 분노를 일으킨다는 걸 알게 되었다. 분노라는 표면적인 감정 밑에는 서운함과 외로움이라는 근원적인 느낌이 있다는 것도 알게 되었다. 원하는 것(욕구, needs)을 충족시키기 위해 다양한 방법과 수단을 동원할 수 있고, 여러 욕구를 동시에 충족시키는 방법이 있으며, 그것을 선택할 수 있다는 것도 알게 되었다. 아는 것을 실천하기까지는 많은 연습과 시행착오가 필요했다. 해봐야 알 수 있고, 행동해야 바꿀 수 있으니 조금씩 해볼 방법을 찾았다.

그림책에서 얻는 것

감정과 생각을 다루는 새로운 프레임 안에서 연습하는 데에 그림책이 큰 도움을 주었다. 『그림책으로 마음을 묻다』 북 콘서트에서 최혜진 작가가 잡지 편집자로 일하다가 프랑스에 가서 살면서 어떻게 그림책 세계에 빠지게 되었는지 듣게 되었다. 어학연수 도중 서점의 그림책 코너에서 만난 『Penny』가 인생 책이라고 소개했다. 글자를 다 읽을 수 없었어도 그림으로 보여주는 암탉 페니의 여정을 보면서, 자신의 현재 모습과 마음 상태를 알아차리게 되어 한참 울었다고 한다. 이후 그림책을 알아가게 되었고, 프랑스와 주변 국가 그림책 작가들을 직접 찾아가 인터뷰 하여 『유럽의 그림책 작가들에게 묻다』라는 책을 쓰기도 했다.

문제가 많음을 막연하게 느끼면서도 실타래를 어디에서 어떻게 풀어가야 할지 막막했는데, 그의 경험담을 믿어 보기로 했다. 다행히 비슷한 시기에 도서관에서 시작한 영어 그림책 독서 동아리 회원으로 활동하면서 다양한 작가, 작품들을 만나게 되었다. 작가 소개도 나누고, 줄거리와 그림에 대한 감상과 정보를 회원들과 나누면서 내가 보지 못했던 다양한 관점들을 알게 되었다. 비슷한 경험이라도 나의 경험과 생각이 바탕이 된 감정, 추억과는 전혀 다르게 이해했다는 회원들의 이야기를 들으면서 '당연히' 나처럼 느낄 것으로 생각했던 것이 착각이었음을 알게 되었다.

『작은 집(Little House)』이라는 책을 읽으면서 내가 모르고 있던 감정의 뿌리를 하나 건드리게 되었다. 150년 전쯤 한 남자가 한적한 시골에 튼튼하게 지은 집에 자녀들과 가족을 이루어 살았는데, 자녀들의 자녀가 대를 이어 살다가 떠나게 되었다. 집 주변이 현대화되면서 도시 한복판의 폐가가 되어 철거될 뻔했는데, 우연히 5대손이 그 집을 알아보고 다시 시골로 옮겨와서 자연과 어우러지게 되었고 평온을 되찾았다는 내용이다. 내용도 내용이지만 세세한 그림으로 집과 지역의 역사, 자연의 순환도 함께 보여주는 책이다.

추억 속의 집, 집이 지닌 의미 등에 대해 나누면서 그동안 친밀한 관계를 어려워하고, 3~4년에 한 번씩 역마살 끼듯이 어디론가 떠나지 않으면 못 견디게 힘들었던 이유를 알게 되었다. 집, 이사, 변화라는 키워드를 가지고 이야기 나누다 보니 오래되어 잊고 있던 감정들이 올라와서 그 감정들을 보살피는 시간을 가졌다. 어렸을 때부터 자주 이사했던 경험이 나에게는 적응과 관계 맺기의 어려움을 주었다는 걸 알게 되었다. 관계를 맺을 시간이 모자랐고, 관계의 껄끄러움이나 이별의 아픔을 처리하지 못하게 되어 늘 피상적인 관계 맺기만을 해왔었다.

숀 탠(Shaun Tan)이라는 호주 작가는 중국계 이민 가정에서 자라면서 정체성과 적응, 정착에 대한 의문을 던지고 글자 없는 그림책 『도착(The Arrival)』을 펴냈다. 자신의 고민을 담고 있기도 했지만, 새로운 환경에 적응하고, 문제를 해결하고, 도움을 받고, 관계를 맺는 다양한 과제를 다루었다. 주인공은 침공당한 고향에 가족을 두고 혼자 우여곡절 끝에 배를 타고 다른 나라에 갔다. 입국 수속을 한 후 집과 일자리를 구하여 가족을 그곳으로 불러 새 나라에서 삶을 꾸려가는 이민자의 삶을 그린 책이다. 흥미롭게도 신세계는 동식물과 건물들, 문자가 익숙한 특징은 지녔지만, 처음 보는 형태들이었다.

프랑스와 미국에 갔을 때 수도꼭지가 비슷하게 생기긴 했어도 물을 트는 법이 너무나도 달랐고, 같은 알파벳이었지만 영어와 프랑스어가 내 눈에는 다르게만 보였다. 설명할 수 없는 이질감과 외로움 등이 이 책을 읽었을 때 스멀스멀 가슴에 차올라 눈물로 흘러나갔다. 비폭력대화에서 감정의 흐름을 막지 않도록 배운 것이 이럴 때 큰 도움이 되었다.

도구를 단련하기 위한 글쓰기

그림책은 이처럼 머릿속에서 뒤죽박죽 섞여 있는 여러 감정과 생각들을 하나씩 정리하도록 도와주는 매력이 있다. 그래서일까? 그림과 글이 어우러져서 새로운 예술 형태를 낳고, 많은 평론가와 작가들은 1세부터 99세까지 남녀노소 누구나 읽어도 좋다고 한다. 그림책을 통해서 독자가 완성해 가는 부분이 무궁무진하다. 각자의 배경과 경험 안에서 그림책을 만나며 독자는 자신에 대한 이해와 세상을 바라보는 시선을 다른 차원으로 옮겨간다. 작은 앎부터 엄청난 깨달음까지 얻어갈 수 있다.

나는 비폭력대화를 통해 감정을 다루는 법, 타인과 자신의 욕구를 돌보는 법을 배우고, 그림책을 통해 구체적인 상황에서 기억과 감정을 소환해내는 작업을 꾸준히 하고 있다. 때로는 그 자리에 머물러 있는 것 같기도, 하고 때로는 줄기 하나 뽑아 올리면 줄줄이 고구마가 딸려 오듯이 고민하던 문제들이 한꺼번에 해결되기도 한다. 이때 효과적인 것은 바로 글로 적어 보는 것이다. 블로그에 그림책 줄거리와 인상적인 부분을 한두 줄 필사하고, 떠오르는 키워드 중심으로 기억과 감정을 풀어 본다. 비폭력대화, 그림책, 글쓰기는 나를 찾아가는 여정에 없어서는 안 될 동무가 되었다.

나를 만나는 그림책 추천

『소년과 두더지와 여우와 말』 찰리 맥케시

『적당한 거리』 전소영

『중요한 문제』 조원희

『허튼 생각』 브리타 테켄트럽

『빨간 벽』 브리타 테켄트럽

『아이라서 어른이라서』 노가미 아키라 & 히코 다나카

『지금 안아 주세요』 패트릭 맥도넬

『도망치고, 찾고』 요시다케 신스케

『똑, 딱』 에스텔 비용-스파뇰

나를 지지하고 격려하는 모임과 함께, 나를 최적화시킨다

"네가 자주 가는 곳, 네 곁에 있는 사람,
네가 읽는 책이 너를 말해준다."
-괴테

자기 이해의 출발점은 다양한 사람을 만나기

나폴레온 힐의 『성공의 법칙』 첫 장에는 마스터브레인이라는 개념이 나온다. 힐은 가난에서 벗어나고 싶다는 절박함을 품은 젊은 기자였다. 그는 철강왕 앤드루 카네기를 찾아가 사흘간 인터뷰했다. 카네기의 요청으로 성공의 공통적인 법칙을 체계화하기 위해 당대의 성공한 사람들 500여 명을 만나게 됐고, 성공의 비결을 16개 법칙으로 정리하여 1928년에 책으로 펴냈다.

마스터브레인이라는 개념은 공동의 목적을 위해 완벽한 조화를 이루는 파트너들로 구성된 팀을 지칭한다. 뚜렷한 강점들을 지닌 사람(마인드)들이 협력함으로써 목표에 도달하고 성공을 할 수 있는데, 힐은 포드와 에디슨, 파이어 스톤의 우정과 마스터마인드 생성을 예로 들었다. 이 책을 읽고 나서부터 나는 나의 마스터마인드 팀 구성에 대한 갈망이 싹텄다. 나는 어떤 강점이 있는지, 어떤 사람들과 어떤 방식으로 협업하면서 최고의 성과를 낼 수 있는지 알고 싶었다.

힐은 카네기를 찾아갔고, 나는 책을 통해 사람들을 만났다

2022년 가을 현재, 내가 참여하고 있는 독서 모임이 다섯 개, 글 쓰는 모임이 두 개다. 5년 전에는 친한 엄마들과 함께 미술품 전시를 보러 가는 모임만 하나 있었다. 둘째 아이와 열 살 차이 나는 늦둥이 막내를 키우는 동시에 위기의식을 느꼈다. 어린 막내가 생기면서 큰아이들은 훌쩍 커 버린 듯 멀어져가며 사춘기 갈등을 겪었고, 나는 나대로 노산으로 심한 산후풍과 더딘 회복으로 우울감이 컸다. "셋째라니, 애국자시네요!"라는 인사가 위안은커녕 더 절망감에 빠지게 했다. 게다가 경력 단절로 인한 무기력감과 패배감도 있었다. 아이들 교육이나 출산으로 일을 중단했지만, 몇 달 시간 강사로 다시 직장에 돌아가 보니 처우나 환경이 열악해서 씁쓸할 뿐이었다.

동네 도서관은 절박했던 나에게 기적과 같은 만남을 이어준 곳이다. 어느 책의 저자인 간호사가 지칠 대로 지친 3교대 일상에서 벗어나기 위해 독서를 시작하고 책 읽을 시간을 마련하기 위해 새벽 기상을 하며 공저를 썼다. 단독 저서까지 내며 삶을 완전히 변화시켰다는데, 책을 읽으면서 '과연 그럴까?' '이게 가능한가?' 싶었다. 그 책의 저자가 소개한 많은 책 중에 마음이 가는 것들을 빌리기도 하고, 중고 서점에서 사기도 했다. 이지성의 『꿈꾸는 다락방』과 『책 읽는 홍대리』를 시작으로 책 속 인물들을 만나갔다.

메모하고 글을 쓰며 사람과 나를 알아가다

도서관에서 진행하던 서평 쓰기 수업을 시작으로 책을 읽는 것만으로 충족할 수 없는 '자기표현'의 욕구를 실현했다. 서평 쓰기 강의를 맡은 이윤영 선생님은 10분 메모 쓰기와 습관들이기를 강조하고, 루틴을 만들기 위한 다양한 프로그램을 시도했다. 초기 멤버로 적극적으로 한 달 메모 쓰기 프로그램에 참여하고 100일 메모 이어가기, 서평 쓰기 수업도 참여해 열렬 수강생들과 함께 공저 쓰기를 했다. 출판을 한 것은 아니지만 두세 꼭지를 모아서 한 권의 책으로 엮었고, 기념회 겸 송년회를 하면서 축하를 나누었다. 인테리어 하는 아기 엄마, 한적한 곳에서 편의점을 운영하며 틈틈이 사진 찍고, 책 읽고, 서평을 쓰는 중년 부인, 글쓰기로 슬럼프를 극복하고 자기만의 콘텐츠를 만든 트레이너 등등 배경과 환경은 너무나도 다양하지만, 내면의 성장을 갈구하고 삶의 변화를 경험한다는 면에서는 비슷했다.

사람에 대해 궁금해하던 나에게는 생경하지만 즐거운 경험이었다. 다양한 환경에 처한 사람들이 제각기 삶을 자기 방식대로 글로 풀어내고, 일상을 공유하고, 위험한 발언도 할 수 있는 신뢰 관계를 매일 메모를 공유하며 쌓아갔다. 아무도 판단하지 않고 내가 털어놓는 생각과 감정을 읽고 흘려보내는 메모 방에서 '은밀한' 친밀감이 생겼다. 생판 모르는 사람과도 글을 통해 이렇게 소통할 수 있다는 경험은 세상에 대한 믿음을 키워줬다.

부모가 인성 멘토의 역량을 갖추고 자녀들에게 선한 영향력을 끼치고, 나아가 공동체에도 기여할 방법이 어떤 게 있을까 하는 고민에서 인성 멘토 독서 모임이 출발했다. 자녀와 가족과의 소통도 중요하고, 내면을 다질 마음의 힘을 길러낼 방법으로 독서하고 글로 기록을 남기며 동반 성장을 하고 있다.

전자책 앱을 통해 책을 다양하게 소개받다가 『당신의 뇌를 바꿔드립니다』를 읽게 되어 강은영 작가님이 운영하는 똑녀똑남이라는 프로그램에 합류했다. 새벽 기상을 비롯해 성장을 위해 모인 사람들과 함께 각자의 속도와 필요에 맞는 성장을 위한 루틴을 만들어 갔다. 모두 엄청난 역량을 지녔다는 생각이 들었고, 다른 사람에게 폐를 끼치면 안 되겠다고 생각했고, 다양한 시도를 하며 나자신의 성장을 위해 탐색을 하게 되었다. 훌륭해 보이던 '동지'들도 그들만의 고민이 있었고, 완벽하지 않아도 노력하는 우리를 발견했다.

좋아하는 책의 종류를 찾아가다: 그림책의 세계

메모 쓰기와 비슷한 시기에 도서관에서 지원하는 영어 그림책 독서동아리에 들어가게 되었다. 2주에 한 번씩 돌아가면서 영어로 된 그림책을 발표하고 함께 읽으면서 그림책 작가, 작품들을 알아가며 그림책 세계에 빠져들었다. 처음에는 막내와 함께 읽을 그림책에 대해 더 많이 알고 싶어서 시작했지만 읽으면 읽을수록, 알면 알수록 그림책은 아이들만 보는 책이 아니었다. 그림과 텍스트가 어우러져서 새로운 메시지를 전달하기도 하고, 여백을 통해 독자에게 상상하고 해석할 권리를 주는 특별한 책들이었다.

글 밥과 다루는 주제도 다양하고, 그림 작가의 해석에 따라 같은 글도 전혀 다르게 보일 수 있었다. 우리나라에서는 아이들 책으로 분류가 되어 있지만, 유럽이나 미국에서는 성인들 책으로 분류된 그림책도 꽤 많다. 처음에는 아이에게 읽어 주는 재미가 컸으나 점점 내가 좋아하는 그림책과 나를 만나는 그림책을 찾게 되었다.

그림책을 읽는 시간은 나에게 중요한 '아름다움'의 가치를 새로이 조명하고 발견하는 기회였다. 브라이언 와일드 스미스, 에릭 칼과 같은 고전적인 대가부터 맥 베넷, 클라센 등 실험적인 그림책 작가들을 알게 되면서 나를 드러내고 표현하는 방법들이 다양하게 존재함을 알게 되었고 수용할 수 있게 됐다.

책이 몸을 통과하게 하다 - 독서 모임

"스트레스 상황에서 남성들이 공격적이 되는 반면, 여성은 자신과 아이들을 보살피며 인간관계의 범위와 정도를 넓히고 다지면서 스트레스에 대응한다. 이런 행태 유형은 인류 초기의 유산이다. 홀로 사냥하는 남자는 적을 공격하거나 달아나야만 했다. 반대로 여성은 공격도, 도망도 할 수 없는 힘없는 아이들을 돌보는 것을 최우선 과제로 삼았다. 그러면서 자연스럽게 다른 여인들과 관계를 맺어 비상시에 서로 도왔다."

몇 년 사이 여러 독서 모임에 참여하고 있는데, 그 이유를 『마음의 법칙』의 '보살핌과 친교(Tend and Befriend)' 부분을 읽으며 이해하게 되었다. "돈도 되지 않고 여유도 없게 하는 이 모임들, 꼭 해야 하나?" 하는 질문에 말문이 막혔었다. 정말 꼭 필요한 한두 개 모임만 놔두고 다 정리해야겠다 다짐했지만, 생각할수록 내가 원하는 건 모임을 정리하는 게 아니었다. 나는 책을 읽고 나누는 것을 좋아했고, 다양한 생각과 관점을 통해 내가 보지 못했던 영역으로 사고를 확장하고 나를 이해하고 타인을 이해하게 되는 게 좋았다. 그래서 성격이 다른 모임들을 운영하기도 하고 멤버로 참여하고 있다. 유영만 교수가 『책 쓰기는 애쓰기다』에서 제대로 하는 독서란 '책이 몸을 통과'하게 하는 것이라고 했듯, 나만의 방법으로 이를 실천하고 있었다.

지지와 격려 속의 최적화

"나를 바꾸려면 내가 자주 가는 곳에서 벗어나 다른 곳에 가 봐야 하고, 내가 만나는 사람과의 관계에서 벗어나 다른 관계를 맺어야 한다."고 유영만 교수가 말했듯이 하나씩 알아가려면 관계 속에서 몸으로 겪어 내는 수밖에 없다. 내 안에 답이 있다. 나를 최적화하기 위해 강점을 활용해야 한다. 자기 이해를 하는 과정에서 아픈 곳도 찔러 보게 되고 두려움도 직면하게 된다. 스스로 실망스러운 점도 따뜻하게 품어주게 되고, 그 안에서 다시 힘과 용기를 얻게 된다. 나에게 미지의 영역은 너무나 커 보이고, 남은 아는데 나는 모르는 영역 또한 아직 많다. 내가 안다고 착각하고 있는 영역도 있다.

내가 잘하는 것은 무엇일까? 약점과 강점은 동전의 양면이라는 생각을 가지고 없는 것에 미련을 두지 않고 가진 것을 어떻게 활용할지에 집중하고자 한다. 나는 계산에 약하지만, 정적인 사고의 틀을 깨는 발상이 잘 떠오른다. 이러한 발상을 현실적인 방법과 연결해 주는 고리 역할을 해 줄 사람과 함께 있을 때 효율적이고 만족할 만한 결과를 만들어낸다. 아들러가 그렇게 말하지 않았던가. 모든 문제는 인간관계에서 시작된다고. 풀어가는 것 또한 관계를 통해서 하면 된다.

7

저질러라! 행동만이 보이지 않던
방향을 보여준다

"시작하라. 그 자체가 천재성이고 힘이며 마력이다."

-괴테

"어제와 똑같이 하면서 내일이 바뀌기를 기대하는 것은 미친 짓이다(Insanity is doing the same thing over and over again expecting different results)."라는 문구를 어디에선가 봤다. 아인슈타인이 한 말이라는 소문도 있지만, 가장 유력한 것은 금연 협회에서 내세운 슬로건이라는 것이다. 출처야 어떻든 변화를 원하면서도 같은 일상을 반복하고 있는 나에게는 신선한 충격이었다.

한때 꿈꾸던 것 중에는 장학 연구재단 설립이 있다. 대학에서 일하면서 알게 된 사람 중에 능력은 좋은데 여건이 좋지 않아 역량을 발휘하지 못하는 연구자들, 학자들, 꿈을 꾸는 사람들을 보고 그들이 연구에 매진할 수 있는 공간과 지원을 제공하고 싶었다. 막상 결혼하고 출산과 육아, 일을 병행하다 보니 장학 연구재단 설립의 꿈은 점점 비현실적이라는 생각이 들고, 돈에 대한 개념이 약한 나에게는 '자금'을 만들 방법이 해결할 수 없는 태산과 같았다.

나는 생각이 많은 편이다. 충동적으로 일을 시작할 때도 있지만, 정말 하고 싶은 일은 망설이면서 재는 시간이 더 길다. 그러다 보면 시간은 흐르고 결정을 미루게 된다. 결국은 다음으로 결정을 미루고 하던 대로 일상을 이어갔다. "책상에서는 한 가지이지만 실제로 일해 보면 열 가지도 넘어요. 머리는 하나지만 손가락은 열 개나 되잖아요." (신영복, 『강의』) 그렇다. 짧고 굵은 엄지, 기다란 중지, 작고 가느다란 소지. 손가락의 굵기와 길이가 다른 것처럼, 나의 꿈 프로젝트도 세분화하여 할 수 있는 것부터 하나씩 해보기로 했다.

자기 이해의 첫걸음: 나는 무엇을 두려워하는가? 진심을 알기까지

두려움은 사람의 행동을 가로막는 엄청난 감정이다. 아주 오래 전 인간의 힘이 약할 때 생명과도 연결되어 안전을 지키는 데에 필수적인 감정이었다. 해보지 않은 경험을 시도하게 될 때는 자동으로 작동하는 안전장치인 셈이다. 따라서 정말로 물리적인 안전을 위협하는 요소가 있는지, 아니면 상상의 위험인지 구분해 볼 필요가 있다. 아직도 새벽 4시에 일어나면 금세 포기하게 될 것 같고 여파가 며칠 갈까 봐 못하고 있다. 지금은 5시에 일어난다. 변화는 진행형이다.

변화를 머리로는 이해하고 바란다고 했는데, 마음에 다다르기까지 넘어야 할 산이 있었다. 바로 두려움이었다. 변화를 이루지 못할까 봐 두려웠고, 그런 변화를 이루어낼 능력이 안 될까 봐 두려웠다. 변화를 감당하지 못할까 봐 두려웠다. '득보다 실이 더 크면 어쩌지?' 하는 생각이 두려움을 키웠고, 두려움은 저항감을 일으켰다.

습관을 들이는 데에 혹자는 66일이 걸린다고 하고, 혹자는 100일이면 된다고 한다. 나는 66일짜리 계획도 세워 봤고, 100일 동안 메모 쓰기도 해 봤지만, 시간은 충분조건이 되지 않는다. 새벽 시간을 이용하는 것이 나에게 유익하다는 판단에 루틴을 만들고자 했지만, 1년을 해도 습관이 들지 않고 들쭉날쭉하다 보니 자문하게 되었다. "이 변화를 진심으로 원하는가? 무엇 때문에 원하는가?"

카운트다운으로 '시작 의식' 깨우기

『5초의 법칙』의 저자는 그러한 두려움과 관성을 유지하려는 힘을 극복하는 데에 '카운트다운'을 제안했다. "1, 2, 3, 4, 5!"라고 외칠 게 아니라 로켓을 발사시키듯이 거꾸로 숫자를 세야 한다. "5, 4, 3, 2, 1, 발사!"를 외치면서 뇌에 생각할 시간을 주지 않고 행동으로 옮기라는 것이다. 이러한 의식은 관성을 따르려는 사고 패턴을 차단하고 행동의 변화를 돕는다. 새로운 행동을 하는 데에는 로켓을 발사시킬 때만큼 많은 에너지가 순간적으로 필요하다. '조금만 더' 자고 싶은 유혹을 뿌리칠 때, 운동하러 나가야 할 때, TV를 꺼야 할 때와 같이 '당장' 실행에 옮기는 습관을 들이고 싶을 때 생각이 들어오기 전에 행동이 앞서게 한다.

몸으로 부딪쳐라. 하나씩, 한 걸음씩

지난 20년간 시도하지 못했던 것을 하나씩 하나씩 해보고 있다. 도서관에 그림책이 너무 많아서 읽을 엄두가 안 났는데 한 권씩 읽기 시작했다. 여전히 처음 보는 책이 많지만, 이제는 웬만한 사람들이 아는 책은 이름이라도 들어본 수준이 되었다. 한자를 너무 모르고 쓸 줄도 잘 몰라서 콤플렉스였는데, 작년에 어린이 사자소학을 한 문장씩 써보기 시작했다. 어린이용 사자소학에 이어 사자소학, 그리고 지금은 천자문을 한 줄씩 쓰다 보니 복잡해 보이는 한자가 줄고 익숙해진 한자가 늘었다. 다 외우지는 못하지만 반복해서 나오는 글귀가 있으니 친숙해지고 있다.

내가 글을 쓴다고 다른 사람의 글쓰기를 돕는 일은 별개의 문제다. 입시를 앞둔 아들의 논술형 글쓰기와 자기소개서에 들어갈 글을 봐주면서 개요를 짜고, 주장에 근거를 덧붙이고, 글의 흐름이 자연스러운지, 생각과 느낌이 적절하게 들어가 있는지 봐줄 수 있다는 것을 알게 되었다. 다른 사람의 글쓰기에 조언하는 건 상상조차 못 했던 일이다.

백사(百思)가 불여일행(不如一行)이다

심리학자들은 일단 행동하라고 조언한다. 생각의 변화가 행동의 변화를 가져오기도 하지만, 행동의 변화가 생각의 변화를 일으키기도 한다. 생각만으로는 막연해서 20년을 넘게 머뭇거리는 동안 막연함은 막막함을 낳고 막막함은 무능력감을 키웠다. 나이 먹는 것을 후회하지 않았지만, 미련이 남아 있었다. 새벽 기상을 하고 메모 쓰기에서 책 쓰기까지 이어왔다. 나 자신과 타인에 대한 이해로 소통하고 풍요로운 삶을 만들어 가는 데에 평화의 언어인 비폭력대화를 연습하고 있다. 이제는 내 꿈을 실현하기 위한 자금과 사업적 마인드와 꿈을 함께 이룰 팀을 찾고 있다.

나는 꿈에 한 발짝 더 가까워졌다. 독서와 교육 커뮤니티를 통해 다양한 사람들을 알게 되어 교류하게 되었다. 그들과 함께 아이디어를 나누면서 나의 꿈과 비전을 실현할 구체적인 행동을 하나씩 떠올리고 계획하고 있다. 만약 생각만 하고 있었다면? 이 책도 나오지 않았을 것이고, 나의 꿈도 헛된 몽상에 지나지 않았을 것이다. 변화를 원하는가? 저질러라.

제4장
체크리스트

1. 나는 어떤 사람인가요? 나의 하루는 언제 시작하나요?

2. 변화를 원하는 당신, 무엇이 필요한가요? 글쓰기, 그림책, 비폭력대화(NVC)를 소개했는데 당신에게 유용한 도구는 무엇인가요?

3. 여유 시간과 공간은 언제, 어디에서 찾을 수 있을까요?
   당신의 최적의 여유 시간은 언제인가요? 그 시간을 어떻게 쓰고 싶은가요?

4. 어떤 변화를 원하나요? 지금, 당장 할 수 있는 일은 무엇인가요?

5. 당신에게 중요한 가치는 무엇인가요?

6. 글을 써볼 마음이 생겼다면 여기에 딱 한 문장 써보세요.

- -

- -

- -

제 5 장

두 번의 암 수술로
새롭게 태어나다

배윤경

위기는 반드시
또 다른 기회를 준다

"당신의 상처를 지혜로 바꾸라."

-오프라 윈프리

우려가 현실로 바뀌던 순간

"네? 그게 무슨 말씀이세요? 분명히 검사 결과가 괜찮다고 하셨 잖아요?"

우연히 발견된 유방암을 수술하고 2년 후 병원에서 청천벽력 같 은 말을 또 들었다. 건강검진 후 당장 대학병원에서 정밀검진을 받 으라고 하는 말에 '쿵'하고 내려앉았던 심장이 다시 한번 떨어졌 다. 암 재발이라니! 첫 수술 때 초기에 발견한 것도 행운이라며, 약 만 잘 먹으면 아무 문제 없다는 담당 의사의 말만 믿고 건강관리를 하지 않은 내 잘못이다. 그 누굴 탓하리!

두 번째 암 역시 우연히 발견하게 된 걸 보면 나는 운이 좋은가 보다. 막 3살이 된 둘째가 머리로 내 오른쪽 갈비뼈를 퉁퉁 치면서 잠드는 버릇이 또 한 번의 기회를 준 것이다. 정기 검진 중의 하나인 뼈 검사에서 아이가 쳤던 곳이 검게 보여 추가로 전신 PET 검사를 했다. 마음을 졸이고 있던 내게 주치의 선생님은 전이가 됐다면 논문 주제로 써야 할 건이니 절대 걱정하지 말라고 했다. 하지만 결과는 암세포 전이. 우려는 현실로 내 앞에 툭 떨어지고 말았다.

위기를 기회로

『웰씽킹』의 저자 켈리 최는 40세에 바닥까지 내려앉아 모든 것을 포기하려던 순간, 거기서부터 시작한 기회로 지금의 자리에 이르렀다. 그녀는 16살에 홀로 상경해 낮에는 봉제공장에서 일하고, 밤엔 야간 고등학교에 다니며 돈을 모았다. 그러고 나서 디자인을 배우기 위해 일본과 프랑스로 유학을 떠났다. 꽃길만 이어질 것 같은 생각과 달리 사업 실패로 10억 원의 빚과 함께 좌절 속으로 빠져들었지만, 우여곡절 끝에 시작한 초밥 도시락 사업이 프랑스에서 히트를 쳤고, 유럽 12개국 1,200개 매장에서 연 매출 6,000억 원이라는 고속 성장을 이뤘다. 지금은 여기에서 멈추지 않고 강연과 다양한 활동으로 더 큰 미래를 계획하고 있다.

『럭키 드로우』의 저자 드로우앤드류 역시 미국에서 취업의 어려움을 이겨내고 드디어 성공에 도달했다고 생각했을 때, 예기치 못하게 바닥으로 다시 떨어지는 위기를 겪었다. 위기를 기회로 생각하고 포기하지 않았던 그는 구독자 50만 명이 넘는 유튜버가 되었다. "지금 나는 하루의 모든 시간을 남의 일이 아니라 내 일에 투자하고 있다. 자연스레 남에게 잘 보이려고 애쓰는 시간은 현저히 줄어들었다. 자기 인생의 주인공으로 사는 방법은 그렇게 어려운 것이 아니다. 하루의 시간과 에너지에 얼마나 많은 통제권을 가질지 스스로 선택하기에 달려 있을 뿐이다." 나도 이들처럼 내 인생 최대의 위기를 기회로 바꾸기로 결심했다.

두 번의 암 수술 후 바꾸기 시작한 다섯 가지

주변을 보아도 위기는 항상 기회와 함께 오는 것 같다. 위기로 끝날 수 있지만, 위기가 아니라 새로운 기회가 왔다고 생각하는 마음의 전환이 필요하다. 위기가 닥쳤을 때 포기해 버리면 그때까지의 시간도 함께 사라질 수 있다. 위기라고 생각되면 일단 시야가 좁아지면서 생각도 굳어버린다. 그 뒤에는 절망, 두려움, 포기 등 온갖 부정적인 것들이 따라온다. 그러나 동전의 양면처럼 생각을 바꾸기만 하면 절대 할 수 없었던 것들이 기회, 희망, 새로운 도전으로 바뀌게 된다.

나는 두 번의 수술을 겪으면서 온전히 바뀔 수 있었다. 이전과 바뀐 것은 다섯 가지 정도이다. 가장 중요한 첫 번째는 식이 조절이다. 주로 즐겨왔던 인스턴트 음식을 일절 끊고 현미와 잡곡으로

만 밥을 하게 되었다. 샐러드를 주 3회 저녁으로 먹으면서 밀가루를 끊게 되니 아무리 노력해도 빠지지 않던 살이 빠졌다. 불과 3개월도 지나지 않아 내 몸무게는 첫째를 낳기 전 몸무게로 돌아왔다. 버리려고 했던 옷들이 맞으니 회사 직원들도 어떻게 다이어트를 했는지 관심이 많았다.

두 번째는 운동이다. 전에는 가끔 등산이라도 다녀오면 대단한 운동이라도 한 듯 몸에 안 좋은 음식을 더 많이 먹었다. 바쁘고 피곤하다는 핑계로 실내 자전거는 이불 너는 용도로 주로 사용했었는데, 두 번째 수술 후 드디어 운동을 시작했다. 평일에는 퇴근 후 실내 자전거 타기, 스쿼트, 다리 올리기 등 쉬워 보이지만, 하기 어려웠던 운동을 매일 하고, 주말에는 등산을 다녔다. 몸은 무척 힘들었지만, 어느새 땀이 나는 것을 즐기게 되고, 몸무게와 몸이 바뀌는 걸 보니 기분이 좋아지면서 의욕도 생겨났다.

세 번째는 마음가짐이 바뀌게 되었다. 그전까지는 아직 어린 둘째를 키우려면 회사를 오래 다녀야 하고 다른 길은 없다고 생각했다. 그러다 보니 점점 회사에 더 집착하게 되고, 업무로 인한 스트레스를 받으면서도 해소하지 못하고 꾸역꾸역 다녔다. 피곤함은 신경질로 이어지고 마음을 점점 더 황폐하게 만들었다. 회사에서 잘리면 큰일이라도 날 것만 같아 부당한 요구를 해도 당연하게 받아들였다. 두 번의 암 수술을 받고 나서야 회사를 향한 마음이 달라졌다. 물론 열심히 일해서 돈을 벌어야 하지만, 내 인생에서 80% 정도나 차지하던 회사 비중을 40% 정도로 마음속에서 내려놓았더니 다른 공부를 해서 더 좋은 회사에 가고 싶다는 욕심이 생겼다.

나이가 많아 안 될 거라던 내 안의 목소리는 줄어들고, '영어 공부를 해서 더 좋은 회사로 옮겨 억대 연봉 받아 봐야 하지 않겠어?'라는 생각이 들더니 회사에서 받던 스트레스도 점차 감소했다. 물론 업무에 소홀해진 것은 아니다. 요즘도 회사 일이 많아서 하고 싶은 다른 공부를 하려면 시간을 좀 더 쪼개 써야 하지만, 회사에 목숨 걸던 마음이 사라지니 편안해지면서 업무에 대한 집중도가 높아지고 여유 시간도 자연스럽게 생겼다.

네 번째는 용기가 없어서 할 수 없을 거라 여겼던 글쓰기를 시작했다. 나는 책을 참 좋아했는데, 어느 순간 마음의 여유가 없어지니 책도 멀어져만 갔다. 그런데 다시 책 읽기와 글쓰기로 돌아오게 된 것이다. 지금은 글 쓰는 연습을 하려고 매일 블로그에 포스팅하며 노력한다. 1년을 꾸준히 했더니 훨씬 부드럽고 자연스러운 글쓰기로 리뷰하거나 내 생각을 전할 수 있게 되었다.

마지막 다섯 번째는 다양한 사람들과의 만남이다. 글쓰기를 하기로 마음먹고 다양한 독서 모임과 필사 모임에 가입하게 된 것이다. 글 벗들을 보며 이제까지의 내가 부끄러워서 그들처럼 매일 글을 쓰고 싶다는 마음을 품었다. 나를 글로 표현하면 사람들이 공감해 주고 함께 이야기해 주기에 용기를 더 얻는 것 같다. 힘든 일을 겪은 사람에게는 위로보다 "넌 잘할 수 있어." "지금도 너무 잘하고 있어." "화이팅!"이라는 응원이 더 절실하다고 한다. 나는 모임 구성원들로부터 이 응원을 들으면 피곤해서 만사를 제치고 '그냥 자야지.' 하다가도 깜박 잊고 못 한 영어 공부, 책 필사를 하고 싶어서 책상 위에 앉게 된다.

내가 바뀌면 주변에서도 도와준다

예전에 나는 소파에 누워서 TV만 봤는데, 이제는 집에 오면 무조건 책상에 앉는다. 남편도 이런 나를 응원하기 위해 거실 한편에 책상을 마련해 주었다. 내가 변하고 있는 모습에 남편도 응원해 주니 감사할 따름이다. 나에게 왜 암이라는 시련이 생겼는지 좌절하고 무기력에 빠졌던 예전의 나에게서 벗어나, 글쓰기와 다양한 배움의 활동으로 소통하면서 나와 다른 사람을 응원하며 또 다른 나로 변해가려고 한다. 블로그 이웃들을 보면서 끊임없이 배우게 되고, 독서 모임을 통해 다양한 주제의 책을 읽으면서 어휘력과 필력이 조금씩 늘고 있다. 이제는 여러 사람 앞에서 내 생각과 이야기를 하는 것이 조금씩 부끄럽지 않게 된 것도 자랑스럽다. 두 번의 위기로 시작된 변화가 나를 더 성장시킨 좋은 기회였음이 분명하다.

2

내가 암이라고?
하지만 내가 질 수 없는 이유

"나는 폭풍이 두렵지 않다.
나의 배로 항해하는 법을 배우고 있으니."

-루이자 메이 올컷

놓치지 말아야 할 건강검진

첫 번째 암 진단 후 당황하긴 했지만, 담당 주치의가 초기에 발견한 것이 다행이라며, 약만 5년 정도 먹으면 된다는 말에 놀랐던 마음을 가라앉혔다. 의사 선생님의 괜찮다는 말에 건강관리를 나태하게 했더니, 2년 후 날벼락 같은 검사 결과는 다시 한번 나를 정신 차리게 만들었다. 전이 자체가 될 수 없으니 걱정하지 말라던 주치의 선생님은 미안함에 얼굴을 들지 못했고, 나는 당장 큰 병원으로 옮기기로 했다.

회사에서 하는 건강검진에서도 그렇고, 수술 후 6개월마다 받았던 정기검진에서도 이상 소견은 발견되지 않았다. 그래서 나는 첫 번째 수술 후에 암 환자임에도 불구하고 건강관리에 신경 쓰지 않았고, 좋지 않은 식습관에 운동도 하는 둥 마는 둥 했다. 정기검진에서 간수치가 올라가 간 기능 진료까지 받았는데, 약 때문에 일시적으로 간수치가 올라간 거로 생각했다. 수술 후 먹기 시작한 약이 간수치를 올린다는 소견이 있어서 그 약 때문이라고만 여겼지, 암은 더는 나에게 전혀 해당 사항이 없다고 자만하고 있었다.

생각해보면 경고는 계속 있었던 것 같다. 코로나로 인해 병원 검사가 계속 늦어지고 있던 때였고, 그즈음부터 멈추지 않는 기침이 계속 나기도 했다. 처음에는 감기인 줄 알고 약을 먹었는데, 몇 주 동안 차도가 없이 기침은 계속되었다. 임파선암의 증상 중 하나가 기침이라고 하는데, 이때부터 나에게 작은 신호를 보내고 있었던 거다. 결국 코로나로 인해서 정기검진이 3달 이상 늦어졌고, 우연히 발견된 전이로 나는 두 번째 암수술을 하게 되었다.

두 번의 암 수술 후 바뀐 식단

두 번째 암 수술은 시작부터가 드라마틱했다. 처음 발견하게 된 것부터 믿기 어려워서 전신 PET 검사를 받은 후에야 전이를 확진받았다. 남편과 나는 누가 먼저랄 것도 없이 병원부터 바로 바꾸기로 했다. 새로 옮긴 병원은 검사 장비부터 예전 병원과 차이가 있었다. 아무리 작은 암 조직이라도 발견하지 못한 것은 의사의 능력도 차이가 있겠지만, 장비에서부터 차이가 날 수 있음을 깨닫게 되었고, 처음부터 이 병원으로 오지 않았음을 뒤늦게 후회했다. 새로 옮긴 병원은 국내 최고 대학병원이라 장비부터가 달랐다. 검사실이 엄청난 크기와 장비를 보유하고 있었기에 나는 새롭게 눈 뜬 기분이 들었다.

더 이상의 후회는 안 될 일이었기에 남편과 나는 식생활부터 바꾸기로 했다. 싸고 할인하는 상품 위주로만 구매하던 남편은 식재료를 유기농으로 바꾸었다. 추가로 들어가는 돈은 신경 쓰지 말고 우선 건강을 최우선으로 하자는 남편의 말이 고맙게 느껴졌다. 수술 전에는 최저가 상품을 주문했는데, 특별한 날에 가끔 주문했던 값비싼 식품들로 모든 장바구니 식품을 바꾼 것이다. 식재료를 유기농으로 바꾸었으니 이제는 식단이다. 기존에는 퇴근 후에 아이들을 챙기고, 씻기고, 재우고 나서 밥을 먹다 보니 매번 냉동식품 아니면 라면으로 끼니를 때웠다. 그러고 나서 운동조차 하지 않으니 몸무게는 점점 늘어나고 건강도 망가지게 된 것이다.

남편과 나는 새로운 식단을 짰고, 일주일에 세 번은 샐러드, 두 번은 밥을 먹기로 했다. 암에 좋다는 야채를 검색해서 어떤 식단에 넣어 영양과 건강을 챙길 수 있을지 고민하고 실행에 옮겼다. 쌀밥만 먹었던 우리는 현미와 귀리, 병아리 콩 등을 가득 넣은 잡곡 7곡이 들어간 밥으로 변경했고, 아침으로는 당근과 사과, 레몬주스를 넣어서 만든 주스, 브로콜리와 셀러리 그리고 방울토마토를 꼬박꼬박 먹기 시작했다. 밀가루는 전혀 먹지 않았다. 이렇게 바꾼 식단으로 2개월이 채 지나지 않아서 몸무게가 8kg 감량이 되었다. 그리고 1년 반 넘게 몸무게를 유지해 오고 있다.

매일 빠지지 않고 해야 할 운동

식단관리로 몸무게를 감량할 수 있었지만, 또 하나 중요한 것은 운동이었다. 암이 제일 싫어하는 것이 운동이라고 할 만큼 유방암 환자인 나에게 운동은 꼭 필요한 요소였다. 일주일에 2번 이상 땀이 나도록 운동을 하면 유방암에 걸릴 확률이 확연하게 낮아진다고 한다. 많은 매체에서 유방암 예방과 재발 방지를 위하여 운동을 강조하고 있다. 규칙적으로 하루 90분 정도 운동하는 여성은 유방암 발생 위험을 30% 이상 낮출 수 있다고 한다.

운동이라고 해서 크게 부담을 느낄 필요는 없다. 캔서(Cancer) 지에 실린 미국 노스캐롤라이나 대학교 연구 결과에 의하면, 가까운 공원을 거니는 산책만 해도 가벼운 운동과 같은 효과를 볼 수 있다고 한다. 다만 운동을 하더라도 체중이 많이 증가하면 이런 효과가 나타나지 않기 때문에 체중 관리 또한 필수이다.

수술 후에 한 달 정도는 무리한 운동을 할 수 없기에 집 근처 공원을 30분씩 꾸준하게 걸었다. 결혼하고 자리 잡은 동네에서 이렇게 좋은 공원이 있다는 사실을 뒤늦게 안 것이 후회되었다. 그동안 운동할 생각조차 하고 있지 않았던 걸 또 한 번 반성했다. 퇴근 후 남편이 아이들을 재우고 나는 그때부터 운동을 먼저 시작하기로 했다. 30분 자전거 타기를 하고, 자전거 타기가 끝나면 스쿼트와 윗몸일으키기 3종 세트를 하고 스트레칭으로 몸을 풀어주는 것이 운동 루틴이다. 하다 보니 조금씩 몸이 적응하기 시작했고, 스쿼트 후에는 버피, 플랭크까지 더하면서 운동의 종류를 하나씩 늘려가고 있다.

점차 바뀌고 있는 나의 일상과 목표

퇴근 후 지친 몸과 마음으로 억지로라도 운동을 하고 있고, 2년 동안 풀만 먹는 샐러드가 지겨워져서 먹기 싫은 마음이 드는데도 거르지 않고 꼬박꼬박 챙겨 먹는 이유는 하나이다. 그동안 일만 하느라 늦깎이 결혼을 해서 늦게 낳은 아이들을 생각해서라도 암을 이겨내고 싶다. 남편과 달리 나는 아빠가 어릴 때 돌아가셨고, 엄마도 몇 년 전에 돌아가셨다. 그렇다 보니 부모님이 없는 내가 서럽게 느껴지는 때가 종종 있었고, 아이들에게는 절대로 엄마가 없는 이 상실감을 느끼게 해주고 싶지 않다. 그래서 나는 더욱 건강해야 하며, 건강을 지키기 위해 매일 노력하고 있고 앞으로도 계속 노력할 것이다. 큰 성공이나 행복이 아닌 최대한 건강하게 오래 사는 것이 내 1차 목표가 되었다.

3

아무것도 하지 않으면
아무 일도 일어나지 않는다

"계단을 밟아야 계단 위에 올라설 수 있다."

-터키 속담

똑녀똑남과의 첫 만남

"엄마, 우리 이제 영어로 얘기하자." 할머니 집에 갔다가 돌아오던 길에 큰아이가 던진 한마디에 깜짝 놀랐다. 아이가 초등학교에 입학 후 다니던 영어학원 숙제만 조금 봐주었는데, 갑자기 영어로 얘기하자니! '그래, 뭐 대화 정도는 충분히 할 수 있겠지.'라는 생각에 흔쾌히 수락했다. 하지만 머릿속으로 맴도는 말을 입 밖으로 꺼낼 수 없었고, 쉬운 표현인데도 어떻게 말해야 할지 몰라 "엄마 이제 운전해야 하니까 그만하자."라며 멈추고 말았다. 스스로 무척이나 창피했다. 당장 무언가라도 하지 않으면 그 자리에서 더 아래로 떨어질 것만 같은 기분이 든 날이었다.

2021년 어느 날, '언니도 이거 하면 좋겠다.'고 동생에게서 전화가 왔다. 갑작스러운 제안에 그것이 무엇인지 물었다. 동생과는 아이를 낳고 나서 더 관계가 애틋해진 것 같았다. 동생보다 10년 늦게 결혼해 아이를 낳은 내가 그동안 동생의 힘든 육아를 공감하지 못한 것에 미안한 마음을 가지고 있던 터였다. SNS에서 찾았는데, 나처럼 계획만 무수하게 세우고 작심삼일이 지나 결국에는 포기하는 사람들이 매일 습관을 잡는 모임이라고 했다. 이 프로젝트를 이끄는 강은영 작가님은 뇌교육 관련 책을 썼는데, 그렇게 '똑녀똑남'과의 첫 만남이 시작되었다.

세계적인 동기부여 전문가 브라이언 트레이시는 『백만 불짜리 습관』에서 우리가 매일 하는 일상의 95%가 무의식적인 습관의 결과라고 했다. 더는 미룰 이유도 없고 혼자서는 자신이 없어서 동생을 따라 신청서를 보내고 시작하기로 했다. '똑녀똑남'은 두뇌 유형 검사를 통한 브레인 타입별로 성공적인 습관을 만들어 가는 모임이었다. 동생 얘기만 듣고서 무작정 신청해 보기로 했지만, 이때만 해도 특별히 하는 게 없었고, 영어 공부를 어떻게 해야 할지 알아보는 중이었기에 부담 없이 시작하기로 했다. 한 달 동안 목표를 정하고 구글 시트지에 매일 체크해서 인증만 하면 되니 어려울 게 없다고 생각했다. 이렇게 나의 작은 움직임은 시작되었고, 내 안에서 작은 새싹 하나가 움트기 시작했다.

나의 두뇌 유형은 천사의 뇌, 감성 우뇌형

강은영의 『당신의 뇌를 바꿔 드립니다』에 나온 두뇌 유형 검사를 해본 결과, B형(감성 좌뇌형)과 D형이 압도적이었으며, 근소한 차이로 D형인 감성 우뇌형이 나의 두뇌 유형으로 나왔다. 감성 우뇌형은 풍부한 감수성을 지니고 있어 감정이 풍부하고 사람의 마음을 잘 읽으며, 직감이 좋아 주위 사람의 기분을 잘 파악해 대처한다고 한다. 또한 대인관계의 폭이 가장 넓은 유형이라고 한다. 이 유형은 무언가를 시작하기까지 시간이 오래 걸리는 편이지만, 일단 시작하면 일사천리로 일을 마친다고 하는 내용을 보고는 왠지 안심되었다.

감성 우뇌형은 감정 기복이 심하다는 것이 최대의 약점이다. 그래서 혼자서는 잠재된 능력을 잘 모를 뿐 아니라 감정조절이 쉽지 않다고 한다. 이를 해결하기 위해서는 감정도 습관이 된다는 걸 알고 스스로 조절하면서 원하는 대로 변화할 수 있도록 해야 한다. 감정조절을 함으로써 뇌의 부정적 편향성에도 대처할 수 있을 것이다. 감성 우뇌형인 내가 꾸준한 습관을 유지하려면 감정조절부터 되어야 하기에, 우선 책 필사로 마음을 다스려 보기로 했다.

'똑녀똑남'의 시트지부터가 첫 시작

첫 달 시트지는 달성 목표와 습관 목표를 이렇게 잡아보았다.

달성 목표

SNS 활성화(블로그 이웃 늘리기 천 명), 독서 100권, 몸과 마음의 건강

습관 목표

매일 블로그 포스팅 혹은 인스타그램 피드 올리기
평일 영어 공부(필사), 독서 10분, 초1 딸 공부 봐주기
주 5회 운동(실내 자전거, 홈트), 주말 아침 30분 걷기, 물 1ℓ 이상 마시기

이 중에서 전부터 해오고 있었던 건 운동이다. 2년 전 수술하고 나서 건강 관리를 위해 꾸준히 노력하고 있었고, 두 번째 수술 이후 몸무게를 8kg 이상 감량하여 유지해 오고 있는 터였다. 수술 후 다시는 그와 같은 상황을 만들고 싶지 않아서 아무리 몸이 힘들어도 조금이라도 운동하고 잠드는 걸 습관화하고 있어서 어렵지 않았다.

평일 영어 공부는 혼자 공부하기 좋은 책을 하루 한 챕터씩 써 보고 말하면서 표현을 익히는 것과 짧은 영어 필사를 따라서 써 보는 것이었다. 역시 혼자서 하다 보니, 하다 말다 수십 번 반복하게 되었고, 그냥 내년 1월부터 시작할까 하며 뒤로 미루려는 핑계의 속삭임이 커지는 중이었다. 독서 또한 혼자 하다 보니, 나 자신에게 이렇게 관대한 사람이었나를 새삼 매일 느끼게 될 정도로 핑계가 많았고, 생각과는 달리 하루 10분 책 읽기도 쉽지 않다는 것을 체험하는 중이었다. 이번 기회에 지금까지와는 다른 변화를 느껴 보고 싶었다.

점점 늘어만 가는 목표

영어 공부를 더 미뤄서는 안 되겠다고 생각한 나는 영어 회화 강의를 어떤 걸 들을까 고민하다가 당장 시작해야겠다는 생각에 온라인 강의를 신청했다. 또 지인의 추천으로 영어책 3문장을 공부하고 필사하기 시작했다. 똑녀똑남 시트지 인증을 하는 것은 어렵지 않다고 생각했다. 충분히 할 수 있을 거라고 여겼던 습관 목표였고, 블로그 포스팅을 제외하고는 30분 이내에 끝낼 수 있을 것 같았다. 하지만 습관 인증은 생각보다 꽤 어려웠다. 퇴근 후 집에서 해야 하는 게 대부분이다 보니 늘 시간에 쫓겼다. 인증을 올리는 시간도 처음보다 많이 늦어져 당일 해야 하는 인증을 자정이 다 되어 마무리하곤 했다.

이렇게 한 달, 두 달 습관 인증을 의무적으로 하게 되니, 아이 공부 봐주는 것은 점점 형식적으로 되고, 빨리 인증하지 않으면 불안한 마음이 들기 시작했다. 억지로라도 인증해야 마음이 편하다고 스스로 속이기 시작하자 다시 짜증이 늘었고, 일단 뭐라도 시작하자는 것이 시행착오를 거치고 있다는 생각이 들었다. 막 싹트기 시작한 새싹이 제대로 자라기도 전에 죽을지도 모른다는 생각에 마음이 조급해졌고, 무엇이 문제일까 생각해보았다. 분명히 하루에 충분히 할 수 있는 목표들이었고, 마음먹기에 따라서는 한 시간 안에 다 할 수 있었다. 하지만 그것을 맨 뒤로 미룬 것이 문제였다.

아무것도 하지 않으면 아무 일도 일어나지 않는다. 어쩌면 나는 이 말로 스스로 채찍질하고 있었는지 모른다. 회사와 육아, 가사 일에 치여 시간에 쫓기면서도 뭐든 시작하고, 일정이 꼬이면 얼마 가지 못했다. 이번에도 해내지 못했다는 불안함에 마음은 점점 조급해졌다. 그제야 나는 정신없이 돌아가는 나의 24시간부터 재정비해야 한다는 것을 깨달았다. 내 시간에도 분명 숨 쉴 틈이 있으리라.

4

시간에도 정리가 필요하다

"변명 중에서도 가장 어리석고 못난 변명은
'시간이 없어서'라는 변명이다."

-에디슨

시간 관리가 필요해

마음이 급해졌다. 늦게 시작한 것 같아서 남들보다 더 많이 열심히 해야 한다는 생각에 사로잡혔다. 틈나는 대로 영어 공부를 하기위해 서점에서 책도 보고, 유튜브 강의도 찾아보고, 블로그 검색도하면서 하루에 해야 할 To Do List를 작성해 보았다. 하지만 매일하기로 목표했던 것들의 반도 채 하지 못했다. 회사에서 틈나는 시간에 조금씩 하려고 마음먹었던 것들인데, 몰려드는 메일도 쳐 내기 바쁜 와중에 자기 계발의 목표로 세운 것들까지 하려니 도저히시간도, 마음도 나지 않았다.

머릿속으로는 못할 상황이 전혀 아니었다. 하루 15분 정도를 투자해서 영어 필사, 점심시간 30분 동안 책 필사, 운전 중에 영어 강의 듣기, 고객사 미팅 전후의 시간을 활용해서 블로그 쓰기 밑 작업 준비를 하려고 했는데, 머릿속 시간과 실제의 시간은 전혀 다른 톱니바퀴가 돌아가고 있었나 보다. 남편도 처음엔 내 강력한 의지를 지지한다고 했지만, 매일 회사 업무도 다 해내지 못한 채 퇴근하는 모습을 보고 다시 잔소리를 하기 시작했다. "지금 중요한 건 그런 것들이 아니라고! 이것저것 못 할 것 같으면 그냥 다 포기해!" 이런 말은 정말 듣고 싶지 않았다. 여기서 포기하게 되면 다른 일 역시 힘들다, 시간이 없다는 핑계로 모두 내려놓아야 할 것만 같았다.

최대 복병은 회사 업무였다. 회사에서 시간을 낼 수 없는 것은 고사하고, "긴급! 이 자료는 본사에 바로 보고해야 하니 금일까지 바로 보내주세요." "지금 재고가 너무 많이 들어오는데, 업체와 출고일 협의는 된 건가요?" 예상치 못하게 날아오는 메일과 업무 톡이 오면 모든 걸 내려놓고 남편의 눈치를 보면서 메일부터 처리해야만 했다. 이런 경우가 반복되다 보니 영어 공부는 못 하고 지나가는 날이 많아졌고, 이러다가는 포기해야 될 것 같다는 생각마저 들었다.

새벽 기상 모임으로 발견한 고요한 내 시간

뜻이 있으면 길이 보인다는 말처럼, 시간 정리로 돌파구를 마련해야겠다는 생각을 갖게 되었고, 우연히 본 블로그 이웃 글에서 새벽 기상 모임이 눈에 들어왔다. 블로그를 키워보겠다고 여러 모임에 참여하면서 새벽 기상을 인증하는 모임을 가진 적이 있었는데, 이때도 남편은 암 환자는 충분한 수면이 필요하다면서 심하게 반대했었다. 남편을 설득해서라도 새벽 시간을 활용하면 어떤 이득이 생기는지 알고 싶었다.

남편은 대신 건강이 안 좋아지면 당장 그만둬야 한다는 조건을 걸고 새벽 기상을 묵인해 주었다. 새벽 기상을 혼자서는 하기 힘들었지만, 여러 명이 함께 시작하고 인증하는 그 작은 소모임에서 도태되고 싶지 않았다. 이른 새벽은 아니지만 5시 50분에 일어나서 기상 인증을 단톡방에 올리고, 새벽에 하기로 목표했던 공부나 독서를 인증하면 되는 간단한 루틴이었다. 하지만 루틴을 만드는 것이 생각만큼 쉽지는 않았다. 나는 늦게 자는 편이라, 새벽에 일찍 일어나려다 보니 피곤함에 알람을 맞추고도 매번 잠이 들어서, 자는 것도 깨어 있는 것도 아닌 상태가 계속되었다. 다행히 두 달 정도 지나고 나서는 신기하게도 저절로 눈이 떠지기 시작했다.

몸이 익숙해진 걸까? 아니면 하고 싶은 것들이 생기면서일까? 그렇게 일어나기 힘들었던 새벽도 점차 나의 시간이 되어갔고, 무엇보다 고요함이 너무 좋았다. 온라인이지만 누군가와 함께하는 것도 좋았다. 낮보다 집중을 잘할 수 있었고, 다른 방해 요소들이 없어서 짧은 시간에 많은 일을 할 수 있게 되었다. 영어 필사, 영어 강의 듣기, 책 필사까지 1시간 안에 끝낼 수 있었고 영어 필사, 블로그 포스팅 초안까지 쓰고 나면 아침 준비하기에도 시간은 충분했다.

김유진은 『나의 하루는 4시 반에 시작한다』에서 새벽 시간을 이렇게 표현했다. "사람들은 내가 무언가를 더 하기 위해 4시 30분에 일어난다고 생각하지만, 사실 나에게 새벽은 극한으로 치닫는 시간이 아니라 잠시 충전하는 휴식 시간이다." 새벽에는 일상 시간과 달리 무언가에 쫓기지 않아도 된다. 단 한 시간이라도 집중해서 알차게 보내니 새로운 걸 더 배워 보고 싶은 욕심이 생겼다. 바로 글쓰기. 나도 글쓰기를 할 수 있을까? 필사를 하다 보니 자신감이 조금씩 붙기 시작했다.

타임 블록을 이용한 시간 활용하기

타임 블록(Time Block)이란 하버드식 시간 관리법으로, 시간을 블록 단위로 쪼개어 모든 일을 정하고 우선순위를 지정하여 일정을 잡는 기술이다. 다이어리 꾸미기나 긁적임을 좋아하는 나에게는 또 다른 신세계가 펼쳐지는 것 같았다. "또 노트를 사는 거냐? 펜은 그렇게 많은데 왜 또? 애들처럼 스티커를 사?" 하는 남편의 목소리가 귓가에 맴돌고 있었지만, 타임 블록을 위한 스케줄러를 구매했다. 요즘 한참 붐이 일고 있어서 그런지 예쁜 디자인, 깔끔한 디자인의 다양한 스케줄러가 시중에 많이 나와 있다.

나는 우선 하루의 시간을 정리할 것이 필요했기에 그날 해야 할 일과 시간이 나누어져 있는 스케줄러를 선택했고, 일단 30 Days부터 시작해 보기로 했다. 머릿속에서 하루의 일정을 계획하는 것과 직접 손으로 적어서 관리하는 건 하늘과 땅 차이였다. 일정과 해야 할 일이 눈에 보이니 얼른 해서 To Do List에서 지우고 싶은 마음이 들게 되었다.

나의 타임 블록

05:30~07:00 : 영어 필사, 영어강의 1개 및 복습, 독서 모임 책 읽기 혹은 책 필사, 블로그 포스팅

07:00~09:00 : 출근 준비, 아이들 등교, 등원 준비, 출근 시 오디오북 혹은 영어강의 듣기

09:00~18:30 : 회사 업무, 오전에는 자료 만들기, 오후에 고객사 방문

18:30~22:00 : 아이들 돌봄

22:00~24:00 : 운동 및 독서, 블로그 쓰기

이렇게 나의 시간을 정해 두고, 업무시간 오전에는 자료를 만들거나 보고서 작성 등을 위주로 하고, 오후에는 고객사 방문 및 미팅을 위주로 하다 보니 시간 관리가 깔끔해졌다. 물론 업무상 계획대로만 되지는 않지만, 그래도 나만의 틀이 잡혀 있으니 중구난방으로 시간을 낭비하는 일을 줄일 수 있었다. 이것을 초등학교 2학년인 아이와도 함께 공유하기 시작했다. 전에는 "학습지 했니? 피

아노 숙제는 한 거야? 영어 숙제하는 날이잖아?"를 반복하기만 했고, 아이는 "응, 할게. 지금 할 거야." 하면서도 못 하고 지나가는 날이 많았으나 퇴근 후에 일일이 봐줄 시간이 부족했었다.

아이에게도 하루에 해야 할 List를 정해 주고 몇 가지는 등교 전, 학원에서 돌아온 후 엄마가 오기 전까지 다 해 놓기로 약속했다. 못할 경우에는 좋아하는 책 보는 것을 금지하고, 숙제를 다 끝내야만 좋아하는 책을 볼 수 있도록 해주었더니, 어느덧 숙제를 모두 끝마치고 책을 보고 있었다. 어렵기만 했던 시간 관리를 스케줄러에 체크하는 재미로 아이와 내가 함께 극복해 나가고 있는 것 같다.

새벽에 글쓰기 시작한 이유

결국 내가 하고자 하는 것들을 하려면 시간 관리에도 정리가 필요한 것을 다시 한번 느끼게 되었다. 머릿속 시계로는 놓치는 시간과 버려지는 시간까지 확인하는 것이 불가능하다. 스케줄러를 사용함으로써 하루 24시간을 어떻게 활용하면 가장 효과적일지 확인이 되니 사용할 수 있는 시간이 보였고, 그 시간을 최대한 활용하고 싶어서 새벽 시간을 내 것으로 만들기 시작했다. 새벽 시간은 이제까지 내가 사용하지 않았던 보물 상자를 연 기분이었다. 오롯이 사용할 수 있는 나만의 시간이고, 커피 한 잔과 함께하는 고요한 느낌과 새벽의 냄새가 점점 좋아지고 있다. 그래서 나는 새벽에 글을 쓰고 싶어졌고, 이 시간을 즐기는 내가 좋아졌다.

5

새벽 글쓰기가 쏘아 올린
작은 공

"모든 일은 끝날 때까지 다 불가능해 보이기 마련이다."
-넬슨 만델라

다시 시작된 글쓰기

고요한 새벽, 알람이 울리면 온 가족이 함께 자는 안방에서 남편과 아이들이 깰까 봐 얼른 알람을 끄고 일어난다. 예전에는 좀처럼 적응이 안 되었던 새벽 기상도 어느새 조금씩 적응해 가고 있다. 어두웠던 새벽녘 하늘이 점점 밝아오는 걸 보면, 뭔가 하고 있다는 걸 느끼게 된다. 새벽이라는 시간이 이제까지는 다른 사람의 일이라 생각했었고, 새벽 배송을 위한 분들의 시간이라고만 생각했는데 얼마나 무지했는지 새삼 깨닫는다.

예전에 나는 편지를 곧잘 쓰고 일기도 잘 썼다. 야심한 밤에 쓴

일기와 다이어리 내용을 나중에 혼자 읽으면서 키득대기도 하고, 나에게 그런 감성이 숨겨져 있었는지 놀라곤 했다. 하지만 회사생활을 하면서 점점 글쓰기와 멀어져갔다. 처음에는 회사 일에 적응해 가느라 피곤하다는 핑계로, 매일 저녁 친구들과 노느라 다이어리에 몇 줄 긁적이는 것조차 하지 않았다. 시간이 흐르면서 점점 더 회사 일이 많아져 노트북을 갖고 다니게 된 후부터는 집에 와서도 일을 하거나 미국 드라마를 보면서 힐링하곤 했다.

간혹 자기 전에 소설을 보는 것이 유일하게 업무 외에 글을 접하는 거였다. 결혼 후 아이가 태어나면서부터 더욱더 책, 글과 멀어지게 되었다. 다시 글을 쓸 수 있는 계기는 충분했다. 첫째 아이가 생기면서 임신과 육아일기를 써보고 싶어 산모 수첩에 초롱이(첫째 태명)에게 전하는 짧은 편지를 쓰기 시작했지만, 이 또한 한 번, 두 번 밀리더니 초음파 사진만 꽂아두게 되었다. 아이를 낳고 난 후에는 더 강력하게 다짐했지만, 어설픈 늦깎이 초보 엄마는 매번 동생 찬스를 써야 했고, 지쳐 쓰러지다 보니 육아일기란 드라마 속에서나 가능한 일처럼 느껴졌다.

만약 내가 그때부터 글을 쓰기 시작했다면 지금과 조금 달라졌을까? 아마도 무언가를 쓰는 건 어렵지 않았겠지만, 육아하느라 힘든 상황에 대한 분노와 스트레스로 가득하지 않았을까 싶다. 그래서 늦었다고 생각하기보다 정말 쓰고 싶은 생각이 드는 지금, 글쓰기를 시작한 것이 너무 다행이라고 생각한다. 아직은 머릿속에서 빙빙 맴돌 뿐 그럴듯한 한마디를 쓰게 되기까지 시간이 걸린다.

어떨 때는 금세 글이 써지기도 하지만, 새벽에 주어진 시간 내에 쓰지 못한 글을 종일 머릿속에서 썼다 지웠다 반복하곤 한다. 초강력 지우개로 누군가가 계속 지워대는 것 같은 날도 있다.

아직 글쓰기가 어렵고 쉬이 써지지도 않지만, 매일 읽고 쓰면서 필력이 좋아지리라는 확신이 있다. 고홍렬의 『글쓰기를 처음 시작했습니다』에 나온 구절이 확신을 더해준다. "글을 잘 쓰기 위해서는 많이 읽고, 많이 생각하고, 많이 써봐야 한다. 많이 읽는 과정에서 아는 게 많아지고, 많이 생각하는 과정에서 생각하는 힘이 길러진다. 글을 자꾸 써보는 과정에서 사고력이 더욱 단련된다."

필사, 나의 숨은 글쓰기 선생님

다시 글쓰기를 하면서 시작한 책 필사는 또 다른 글 선생님이 되어 주었다. 이전까지만 해도 책을 필사하려면 힘들겠다는 생각으로 나와는 상관없는 일로 치부했다. 하지만 책과 글쓰기에 관심을 가지게 되면서 SNS 내용도 책과 필사로 관심 분야가 바뀌게 되었다. 나의 첫 필사용 책은 톨스토이의 『살아갈 날들을 위한 공부』이다. 하루에 정해진 페이지를 필사하고 그 아래에 내 생각을 몇 줄 적어보는 거다. '톨스토이 책은 과연 완독할 수 있을까?'라는 의문이 드는 인문학 책이다.

그런데 필사를 한 후 단톡방에 인증하고 그 사람들과 함께한다는 생각에, 내가 안 하면 왠지 폐를 끼칠 것 같아서 정말 열심히 했다. 사각거리는 소리가 좋아서 노트와 연필을 준비해 필사하다 보니, 이게 웬일인가? 모든 글이 나를 위해 말해주는 내용 같았다. 그중 가장 와 닿은 내용은 바로 이것이다. "당신에게 가장 중요한 때는 현재이며, 당신에게 가장 중요한 일은 지금 하고 있는 일이며, 당신에게 가장 중요한 사람은 지금 만나는 사람이다."

소설 이외에는 책을 읽으면서 눈물을 흘려본 적이 없는 내가 필사하면서 자신을 반성하기도 하고, 마음에 쿵 박히는 글을 읽으면 어느새 눈물이 나기 시작했다. 나는 나만을 위한 필사 선생님을 만나고부터 새벽에 기상하여 글 쓰는 것에 용기가 생겼고, 필사 후에 마음을 정리해 보는 연습을 매일 해 나가면서 글쓰기에 대한 두려움이 사라지는 걸 느꼈다.

나도 작가가 되고 싶다

필사와 독서 모임을 통해 자신감이 생겼다고는 하지만 그건 온전히 내 생각일 뿐이다. 남들 앞에서 발표할 때, 내 차례가 다가오면 아직도 다른 사람들 얘기는 귀에 들리지도 않고 오로지 대본을 그대로 읽는 초보처럼 내 글을 다 읽고 나서야 안도의 한숨이 내쉬어진다.

그래서 더 많은 독서 모임에 참여하고, 필사 모임도 두 개 더 신청했다. 새로 신청한 필사 모임은 이전 톨스토이 필사 모임처럼 많은 인원이 하는 것이 아니고, 소수의 인원이 참여하다 보니 필사 후 내 생각을 쓴 부분을 함께 공감해 주고 격려와 응원도 해준다. 이렇게 작은 응원들이 쌓이고 욕심이 생겨서 나도 글다운 글을 쓰고 싶다는 생각이 든다. 당장 전문가적인 글을 쓰기엔 부족함이 많지만, 언젠가 내 이야기를 모아서 글을 써보고 싶다. 무엇보다도 나는 내가 보고 자란, 나의 멘토였던 엄마 이야기를 써보고 싶다.

그 예전 30년도 더 전부터 워킹맘이었던 엄마는 늘 나의 로망이었고 멘토였다. 내가 책 보는 것을 좋아하는 것도 엄마가 책을 좋아해서였고, 엄마의 글씨를 너무 좋아해서 글씨를 따라 써보다가 글쓰기에 조금씩 젖어 들어갔다. 그래서 나는 내 이야기와 엄마의 이야기를 쓰기 위해서 오늘도 한 줄 쓰기를 빼먹지 않는다. 필사 모임에서 이미 작가나 다름없는 감성과 글쓰기 실력을 지닌 사람들의 글을 읽으면서 점차 그들처럼 될 거라 믿는다. 나는 매일 그 꿈에 한 발씩 다가가고 있다.

6

N잡러 워킹맘을 위해
꿈꾸는 것을 현실화하자

"평생 살 것처럼 꿈을 꾸어라.
그리고 내일 죽을 것처럼 오늘을 살아라."

-제임스 딘

온몸을 바친 회사

"다들 배 부장을 본받았으면 좋겠어요. 여직원들은 왜 꼭 그렇
게 육아휴직을 써야 하는 거예요? 왜 복귀 안 하고 그만둔다고 하
는 거예요?" 회사에서 누군가 육아휴직을 내거나 휴직 후 복귀하
지 않을 때마다 사장님은 지나가는 날 붙잡고 말씀하셨다. 나는 재
직 중에 둘째까지 출산했고, 출산 예정일 10일 전까지 회사 일에
매달렸다. 반도체 세일즈를 하는 내가 둘째를 임신했다고 상사에
게 얘기했을 때, 축하 인사 대신 출산 후 거취를 궁금해했고 3개월
이라는 출산휴가 기간의 업무 인수인계를 걱정했다.

내가 맡은 업체가 진상이면서 일이 많았기에 누구도 대신해서 업체를 맡겠다고 하지 않았다. 결국 여자 동료가 인수인계를 받기로 했고, 나는 그 동료에게 미안해서 출산 후 조리원에서부터 회사에 복귀하는 날까지 집에서 매일 일을 했다. 출산휴가 중 여러 문제가 발생했는데, 나 대신 업무를 맡은 동료에게 미안한 마음에 내가 할 수 있는 업무는 밤낮을 가리지 않고 할 수밖에 없었다.

하지만 복귀 후 기대했던 승진 약속은 감감무소식. 그해 1월, 출산휴가 중이었기에 연봉 협상은 동결되었고, 승진에서 또다시 누락되었다. 승진은 걱정하지 말라던 사장님의 말을 곧이곧대로 믿고 있었던 내가 바보 같다는 생각이 들었고, 처음으로 회사에 대한 미련을 조금씩 버려가면서 N잡러를 꿈꾸기 시작했다.

결국엔 워킹맘은

출산휴가를 마치고 복귀한 후 많은 일이 생겼다. 내가 담당했던 큰 업체들은 업무를 대신했던 동료가 담당하는 것으로 결정되었고, 또 한 번 억울한 마음을 숨긴 채 다른 미비한 업무들을 받아야만 했다. 이 나라에서 워킹맘이란 그런 존재다.

회사에 입사하고 얼마 안 되어 내 능력이 발휘되고 있을 때였다. 연간 매출 60만 불 정도의 작은 매출의 업체를 맡아 2년이 안 되어 연간 수백만 불의 매출을 달성하는 업체로 키워 놓았다.

하지만 저녁에 고객과 술을 마시면서 비즈니스를 더 키워야 하는데, 내가 그런 걸 하지 못하니 담당을 바꿔야 한다는 이유로 그 업체를 결국 상사에게 넘겨주어야 했다. 그는 이제까지의 내가 해온 성과보다는 본인이 한 노력만을 잘 포장하여 회사 내 입지를 다지기 시작했다. 비슷한 크고 작은 일들이 반복해서 일어났고, 나는 어려운 일들을 우선 담당하는 사람이 되어갔다. 번거로운 일이지만 누군가 해야 하는 업무를 점점 많이 맡게 된 나는 어느새 일은 많지만 눈에 띄는 일도, 크게 하는 것도 없이 바쁜 사람이 되어갔다. 일 잘하는 사람으로 인정받던 나는 그냥 그런 사람으로 뒤처지는 기분이 들기 시작했다.

대한민국에서 워킹맘이란, 남자들만 있는 세계에서 여자가 하는 세일즈란 그런 것 같았다. 하지만 나는 지고 싶지 않았다. 그들에게 만만하게 보이는 게 싫었고, 내 뒷얘기를 하는 걸 듣고 싶지 않았다. 남편에게 말하면 당장 회사를 그만두라고 하겠지만, 그건 더 싫었다. 어쩔 수 없이 떠밀려가는 대신 내가 정말 하고 싶은 일을 찾아서 보란 듯이 보여주고 싶었다. 그들이 생각하는 것처럼, 워킹맘이라서 당연히 못 하는 사람으로 취급받는 건 참을 수 없을 정도로 싫었다.

일단 하나씩 목표를 세워 보기로 했다. 하지만 당장 무엇을 하고 싶은지 알 수 없었다. 대학 졸업 후 바로 취업해서 한 번도 쉰 적이 없었기에 정말 무엇을 하고 싶은지, 무엇을 배우고 싶은지 생각하는 게 우선이었다. 워킹맘이라 늘 시간이 부족했다. 그 당시의 나는 핑계 같지만, 퇴근 후에는 어린 자식들이 있었다. 다섯 살과 한 살, 두 아이가 잠들 때까지 챙기고, 씻기고, 재우고, 집안일까지 해내기엔 너무나 부족한 시간이었다. 아이들이 잠든 후 10시가 지나서야 인스턴트 음식들로 저녁을 먹곤 했다. 그래서 퇴근 후에 무언가를 한다는 건 상상도 할 수 없었고, 하루하루를 버텨내기도 너무 버거운 날들이었다.

SNS로 시작된 돛 달기

두 번의 암 수술 후에 완전히 바뀐 나는 새로 태어난 기분으로 살고 싶었다. 할 수 있겠냐고 막연하게 생각만 했던 것들을 무조건 해야겠다고 마음먹으니 정말 할 수가 있었다. 지금은 새벽 시간을 활용해서 하고 싶었던 것들을 점점 늘려가고 있다. 그중 하나가 우연히 접하게 된 블로그와 인스타그램을 키우는 것이다. 평소에 사진 찍는 걸 좋아해서 아이들과의 일상을 인스타그램에 올리곤 했던 나는 블로그도 시작하게 되었다.

처음엔 어떤 말을 써야 할지 몰라서 종일 고민했고, 주제를 정하지 못한 채 방황하기도 했다. 동생의 추천으로 체험단 활동을 열심히 하다 보니 포스팅이 자연스러워졌고, 읽기 편한 글을 쓰고 싶어서 더 많은 책을 검색해 보았다. 다시 찾은 서점에서는 블로그 글쓰기 등에 관한 책을 찾아보았고, 체험단 이외에 나만의 콘텐츠로 브랜딩하고 싶다는 마음이 생겼다.

아직 나는 넓은 바다 위를 떠다니는 작은 돛단배다. 지금은 체험단 리뷰라는 작은 돛을 하나 달았을 뿐이다. 블로그를 키워가다 보니 점점 욕심이 생기기 시작했고, 글쓰기 책을 읽다 보니 다른 주제에 대한 글을 써보고 싶다는 생각이 들었다. 반도체 세일즈 분야에서 20여 년을 계속해 오고 있는 나의 커리어에 대해서도 써보고 싶고, 일하면서 어린아이들을 키우는 워킹맘의 노하우도 담아보고 싶다. 여러 돛이 내 마음 돛단배에서 하나씩 솟아오르기 시작하고 있다.

마음을 그렇게 먹고 나니 다음에 무엇을 해야 할지가 하나씩 눈에 보이기 시작했다. 물론 이게 제대로 가는 것인지, 아니면 산으로 가는 것인지 아직 모른다. 하지만 매일 글을 쓰기 시작하면서 자연스레 다양한 모임에 참여하게 되었다. 블로그 포스팅을 조금 더 잘 써보고 싶은 욕심과 더 많은 이웃과 소통하고 싶은 욕심, 그리고 나만의 브랜딩을 만들어 보고 싶다는 강한 욕심이 생기게 되었다.

'뜻이 있는 곳에 길이 있다.'라는 옛말처럼, 하고자 하는 의지로 동경하고 있던 한 블로거의 콘텐츠 클럽에 가입하게 되었다. 그 블로거는 오랜 기간 마케팅 업무를 하다가 퇴사 후 인터넷 쇼핑몰을 운영 중이었고, 다른 쇼핑몰과 다르게 감각적이고 고급스러운 상품 판매를 하고 있었기에, 배우고 싶고 따라 하고 싶게 만든 분이었다. SNS로 소통 등 많은 부분을 알려준다고 하니 안 할 이유가 없었다. 한 발을 어렵게 떼고 나니 열정이 불타올라 버거울 정도로 많은 일을 벌이는 것이 아닌가 걱정이 되기 시작했다. 회사 일이나 다른 일이라면 하기 싫은 마음에 하나둘씩 미루다가 결국엔 하지 않고 포기하게 되겠지만 그렇게 두고 싶지 않았다.

새벽 시간을 만나다

머릿속으로 정리하기엔 하루에 해야 할 일들이 너무 많아 하나씩 노트에 정리하기 시작했다. 원래 다이어리 쓰기를 좋아했는데, 좋아하는 일이 하나 더 늘었으니 서점이나 문구점에도 자주 가게 되었다. To Do List에 해야 할 일을 적어보니 아이들 육퇴가 시작되는 10시부터 운동하고 나면 다른 건 할 수 없었다.

다시 새벽에 알람을 맞추기 시작했다. 수술 후 새로 태어나고 싶어서 긍정 확언을 외치고, 책을 읽고, 영어 공부를 하자고 다짐하면서 알람을 맞추었지만, 제대로 일어난 적이 거의 없었다. 알람을 끄고 자고, 끄고 자고를 반복하는 통에 잠을 제대로 못 자서 아침엔 더 강한 커피가 필요했다. 하지만 이제는 아니다. 알람을 맞추지 않아도 새벽에 저절로 눈을 뜨는 날들이 많아지고 있다. 새벽 고요한 시간에 스탠드 불을 켜고 노트북으로 타이핑하는 시간이 이제는 너무 좋다. 쏟아지는 아침 햇살을 보면 괜히 감성적인 글이 쏟아져 나올 것만 같다.

글을 조금이라도 쓰게 되니 다양한 글쓰기 모임에 참여하고 싶어서 많은 필사 모임에 가입했다. 톨스토이, 니체 등의 책을 필사 후 내 생각을 적는 필사 모임, 좋은 작가의 산문집을 필사하고 그 아래 내 생각을 적어가면서 글 쓰는 연습을 하는 필사 모임, 영어 문장 필사 모임 등 조금씩 다르지만, 손으로 쓰거나 노트북으로 매일 글을 쓰다 보니 더 다양한 책을 보고 싶어졌다. 회사 업무의 스트레스 해소를 위해 보았던 추리소설 대신에 글쓰기와 자기계발 책들로 온라인 서점 장바구니가 가득 차 있다.

내가 글쓰기만큼 중요하게 여기는 것은 영어다. 영어 필사와 공부를 통해 영어 회화를 꾸준히 해서 나중에 좋은 기회가 왔을 때 놓치지 않고 싶다. 지금 이 회사에서 겪었던 서러움 또한 반복하고 싶지 않기에 틈나는 대로 영어 공부와 영어 필사 그리고 영어문장 외우기를 매일 놓치지 않으려고 한다.

나도 꿈을 이룰 수 있다

『계속 가봅시다. 남는 게 체력인데』의 저자 정김경숙 디렉터는 30년 차 직장인이자 15년 차인 구글러다. 구글코리아에서 커뮤니케이션 총괄로 12년을 재직하고 은퇴를 생각하게 되는 나이인 50세에 구글 본사가 있는 실리콘밸리로 옮겨서 새로운 삶에 도전했다. 구글 글로벌 커뮤니케이션 디렉터로 일하면서 쓴 이 책은 나를 변화시키기에 충분했다.

"어제가 오늘 같고 오늘이 내일 같은 일상에서는 스스로 성장했다고 느끼기 어렵다. 성장은 일만 잘한다고 해서 저절로 이뤄지는 것이 아니다. 내일의 내 일을 놓치지 않으려면 매일매일 꾸준히 채우는 자기만의 '채우는 시스템'을 만들어야 한다." 지금도 나는 어떤 주제에 대한 글을 쓰는 것이 너무 막막하다. 하지만 막막했던 것을 하나씩 현실화시키기 위해 매일 새벽 한 줄이라도 글을 쓴다. 이 책을 읽으면서 워킹맘이라서 힘들다고 생각했던 걸 반성하면서 회사에서건, 회사 밖에서건 진정한 롤 모델이 되기 위해서 노력 중인 지금의 나 자신을 잃지 말자고 다짐해 본다. 목표라고 생각했던 건 나의 큰 꿈나무 중에 작은 가지일 뿐이다.

나는 어느새 N잡러를 꿈꾸며 하나씩 꿈을 이루기 위해서 차근차근 준비하고 있다. 나의 큰 꿈나무는 반도체 세일즈를 하며 겪은 고군분투기를 담은 책을 써 작가로 데뷔하고, 내 노하우를 담은 강연을 하는 것이다. 또 북토크를 통해 독자들과 소통하면서 계속 발전해 나가고 싶다. 나이는 무언가를 하고 싶어도 못 하는 벽이 아니라 경험과 풍부한 노하우를 가진 큰 저장소라고 생각한다. 우리는 끊임없이 변화하는 세상에서 살고 있다. 나는 계속해서 배우고 싶고, 아직 하고 싶은 것이 너무나 많다. 이제 회사나 육아 때문이라는 핑계로 미루지 않고 하나씩 꾸준함으로 이루어 나가려고 한다. 늦깎이 워킹맘인 나는 아이들에게 자랑스러운 엄마가 되고 싶다.

제5장
체크리스트

1. 매일 해야 할 목록을 작성하고, 하루를 마무리하면서 체크해 봅니다.
   (예: 새벽 기상, 영어 공부)

2. 체중조절 및 건강관리를 위해 식단을 짜보세요. (예: 하루 사과 1개, 브로
   콜리 등 야채 매일 먹기)

3. 그동안 해보고 싶었던 것들을 작성해 보세요. (예: 캘리그라피 배우기, 북
   클럽 가입하기)

내 인생의 주인공으로 살아가다

전혜련

　우리는 많은 역할 속에서 그 어떤 세대보다 많은 일을 하고 있지만 채워지지 않는 무언가를 계속 찾고 있다. 그것이 어떤 것인지 각자 다르므로 나에게 의미 있는 것을 스스로 찾는 방법을 이야기하고 싶었다. 나를 돌아보려면 내 안에 그만큼 여유로움을 지녀야 한다. 그래야 열정도 생기고 에너지도 키울 힘이 생기기 때문이다.

　글을 쓰면서 나는 많은 것들을 안 하기로 결심하고 몇 가지를 추가하며 내 삶의 도자기를 아름답게 빚고 있다. 물론 앞으로도 그 과정을 계속할 예정이다. 나에게 중요한 것을 찾는 과정에 정성을 들이고 목표를 정한다. 그리고 작심과 실행을 계속하면서 가늘고 길게 가다 보면 앞으로의 여정이 사계절의 숲길처럼 다채롭고 생기로 가득할 거라 확신해 본다.

시간과 장소에 쫓겨 글을 쓰는 것이 쉽지 않았다. 그런데도 많은 이들이 겪고 있는 비슷한 상황과 걸림돌을 해결해 나가는 과정을 함께하는 마음으로 글을 써 내려갔다고 생각한다. 처음에는 공저를 쓴다는 것이 큰 부담감으로 다가왔었다. 하지만 함께하는 작가님들이 계셨기에 힘을 모아 책을 마무리할 수 있었다. 나의 이야기를 나누는 것이 누군가에게는 기꺼이 해볼 만한 작은 실천 거리로 받아들여졌으면 좋겠다. 그 실천들이 앞으로 한 달 뒤 혹은 1년 뒤, 멀게는 10년 뒤에 어떠한 변화로의 씨앗이 되었음을 알아차리는 순간이 오기를 바란다.

글 가운데 잠깐씩 등장하는 가족들이 나에게는 큰 성장 동력이 되어 주었다. 글을 쓰면서, 내가 가족들을 지원하는 만큼 어쩌면 그 이상 에너지를 받는다는 느낌이 들었다. 많은 생각을 하고, 말로 풀고, 글로 써 내놓을 수 있도록 알게 모르게 지원해 준 옆 지기와 아이들이 이 글을 읽고 나와 함께 이야기 나눌 수 있다면 더없이 기쁠 것이다.

박혜진

그럼에도 불구하고_ 책을 쓰는 동안 진정한 반백이가 되었다. 성장하고 배우고 열정과 격정 속에서 삶을 살아낸 날들이 그만큼 많다는 뜻이다. 그 많은 시간 동안 마음속 깊은 곳에 하고 싶은 것을 품고 있었거나 잊을 정도로 묻어 두었다면 이제는 거침없이 꺼내 보고 제대로 돌볼 시간이다.

하고 싶은 것을 하다_ 하고 싶은 것, 할 수 있는 것, 해야 하는 것 중에 나는 해야 하는 것 우선으로, 할 수 있는 범위 안에서 살아왔다. 나쁘지 않았다. 안정감 있고 인정도 받으며 소소하고 행복하게 지낼 수 있었으니까. 반백이가 되는 시점을 앞두고 조급함과 헛헛함이 밀려왔고, 하고 싶은 것을 시작조차 못 한다면 우울하고 불행해질 것 같았다.

NVC에서 느낌 뒤에는 욕구가 있다고 했다. 행동과 느낌을 관찰하고, 하고 싶은 것을 찾고, 현재와 원하는 것 사이의 간극을 좁힐 방법을 찾아서 하면 된다. 나는 장학 연구재단을 만들 것이다. 하고 싶은 것을 이루기 위해 제대로 소통하는 사회를 만들고 싶다. 비폭력대화를 연습하고, 그림책으로 욕구와 연결하고, 글을 쓰며 꿈을 키우고 있다.

소박하든, 황당해 보이든 원하는 것에 도달하기 위해 해본다. 지금 할 수 있는 것이나 해야 하는 일에만 머문다면 죽을 때까지 하고 싶은 일에 도달할 수 없을 것이다.

나의 지지자들에게 무한한 감사를_ 남편과 아이들, 부모님과 친구들, 글 벗들과 독서 모임 회원들에게 이 자리를 빌려 마음 깊은 곳에서부터 감사를 표하고 싶다. 갈등과 힘든 시간은 성장의 기회였고, 알맞은 타이밍에 보내준 지지와 격려는 삶을 풍요롭게 해주었다. 하고 싶은 일을 할 때는 이렇게 동지가 생기고 지지자가 생긴다. 지금 나도 이 책을 읽고 있는 당신에게 손을 내밀어 본다.

"하고 싶은 일이 떠오르세요? 우리 함께 해볼까요?"

배윤경

"이제 엄마가 작가님인 거야?"

엄마가 쓴 책이 출간된다는 말에 9살 딸아이가 눈을 동그랗게 뜨고 묻는다. 6개월 전만 해도 내가 책을 쓰는 작가가 될 거라고 상상조차 하지 못했다. 이 책을 쓰려고 마음먹은 이유 중 하나가 나의 보물, 딸에게 엄마의 노력을 보여주고 싶어서였다. 어릴 때부터 늘 나의 멘토였던 엄마는 직장에 다니면서도 자식들에게 자상하고 친구 같은 엄마였다. 돌아가신 지 7년이 되었지만, 아직도 너무 그리운 엄마. 그 당시에 당연하다고 생각했던 것들을 어떻게 하셨는지 대단하다는 말밖에 할 수가 없다.

결혼하고 아이가 생기고 나서야 엄마가 정말 큰 존재였다는 것을 깨달았다. 나는 아이들에게 내가 늘 느껴왔던 엄마, 제일 가까운 친구이면서도 가장 사랑하고 무엇이든지 믿고 의지할 수 있는 엄마가 되고 싶다. 엄마에게 받은 사랑과 믿음을 그대로 아이들에게 전달하고 싶지만, 나는 아직도 시행착오를 겪고 있는 초보 엄마다. 아이들에게 공부하는 모습, 건강을 위해 운동하는 모습을 보여주고, 아이들이 그걸 보고 배울 수 있는 엄마가 되고 싶어서 오늘도 노력하고 있다.

지금까지의 울퉁불퉁 자갈길에서 점프해 올라가서 이제 평탄한 아스팔트를 막 한 걸음 내딛기 시작한 것 같다. 이 책을 시작으로 나는 더 높은 나의 꿈을 향해 지치지 않고 달릴 것이다. 엄마는 이제 아이들이 자랑스러워할 작가가 되었으니 앞으로 더 거침없이 고고!

강은영

나는 전부터 꽤 이기적인 사람이었다. 학창 시절에는 공부를 위해 친구들 무리에서 일부러 멀어졌고, 내 성과를 위해서라면 다른 사람이 어떻게 하든 신경조차 쓰지 않았다. 혼자 노력해서 좋은 대학과 직장에 들어가고, 괜찮은 남편을 만나 결혼하고, 대학원에 다니며 강의하는, 제 잘난 맛에 사는 사람이었다.

그러던 내가 코로나 사태로 온라인에서 비슷한 연배의 여성들을 만나면서 달라지기 시작했다. 한창 아이들을 키우고 아내와 며느리, 딸의 역할에 충실해야 하는 그녀들은 '나'를 잃고 이름을 잃은 채 하루하루 버겁게 살아가고 있었다. 불과 3년 전 나의 모습을 그대로 지닌 사람들에게 하나라도 더 알려주고 도움을 주기 위해 애를 썼다. 일이라기보다는 사명감으로 그녀들이 행복하기를, 자신을 사랑하고 삶의 주인공이 되기를 열망했다.

이 책을 함께 쓰는 동안 사람이 변화하고 성장하는 것이 얼마나 힘든 일인지 절실히 느낄 수 있었다. 충분히 능력이 되는 데도 한계를 넘지 못하고 여전히 나 자신보다는 다른 가족을 위해 희생하는 모습도 보였다. 하지만 엄마라는 이름의 우리는 지금껏 그래왔듯 매일 조금씩 성장해 나갈 것이다. 지나간 날을 돌아보며 주춤하기보다 우리 앞에 주어진 새로운 오늘 하루를 주도적으로 살아낼 것이다.

이번 책은 혼자서 책을 쓸 때보다 훨씬 힘들었다. '앞으로 공저를 쓰지 말아야지' 다짐했는데 완성하고 난 지금, 내년에는 다른 주제로 공저를 써보고 싶다는 데까지 생각이 미쳤다. 여러 사람이 힘을 합쳐 퍼즐을 맞추다 보니 오랜 시간이 걸리고 고비도 많았지만, 혼자서 할 때보다 몇 배 큰 감동이 밀려온다.

또 한 권의 책을 쓰는 동안 응원해 준 남편과 아들들에게 감사의 말을 전한다. 체인지U스쿨회원과 평생회원들의 격려도 알게 모르게 힘이 돼 주었다. 마지막으로 나와 함께한 공저자들에게 깊은 감사를 표한다. 책을 처음 써본 그녀들은 나의 코칭을 충실히 잘 따라 주었고, 수많은 고비를 스스로 넘어 결국에 이렇게 해냈다.

매일 열심히, 행복하게 살 수는 없다. 하루에도 몇 번씩 날씨가 바뀌듯 우리 삶도 다채롭게 흘러간다. 오늘 무언가 성실히 임했다면 내일은 놀아도 되고, 힘든 날이 있다면 기분 좋은 날도 있다. 해야만 하는 일과 하고 싶은 일 사이에서 내적 갈등과 충돌이 생기기도 한다. 주어진 역할들에 끌려가 하루의 주인공으로 살지 못하면 시간에 쫓기며 자신을 돌보지 못한 채 전쟁 같은 일상을 보낼 수밖에 없다. 이 책에 나온 우리의 이야기와 비법이 독자 여러분들에게 전쟁터의 안전한 참호가 될 수 있기를 바란다. 나아가 독자 여러분도 인생의 주인공으로 살아가기를 간절히 바라며 글을 마친다.